당신의 날갯짓을
응원하며

하수연 드림
2022.05

스물넷,
나는
한 번
죽은 적이 있다

무너진 삶을 다시 짓는 마음에 관하여

스물넷, 나는 한 번 죽은 적이 있다

하수연 지음

whale books

일러두기

- 이 책의 맞춤법과 외래어 표기는 국립국어원의 용례를 따랐으나 일부는 작가의 의도에 따라 예외로 두었습니다.

날개가 있는데,
좀 날면 어떤가

스물넷.

긴 투병이 끝나고 정신 차려보니 그 나이였다. 6년이라는 시간이 조금 아까웠지만 그래도 이만하면 나쁘지 않다고 생각했다. 원래 청소년기에는 모두 격동하지 않는가.

골수 이식을 받는 건 다시 태어나는 것과 같다. 나는 혈액형이 바뀌었고 갓난아이처럼 예방접종도 처음부터 맞았다. 모든 게 새로운 시작인 만큼 이전보다 훨씬 행복하고 재밌게 살 줄 알았다. 그건 착각이었다. 지진이 일어난 후에 여진이 뒤따르듯, 삶도 마찬가지였다.

지독하게 허무했다. 어차피 모든 생명은 죽는데 나는 왜 그렇게 살고 싶어 했으며, 앞으로 왜 살아야 하는지 알 수 없었다. 존재와 삶, 그리고 죽음은 너무나 시시하고 허무해 보였다. 어떤 이유도, 목적도, 의미도 없는 채로 삶이 느릿느릿 굴러갔다. 언제쯤이면 삶에 뿌리를 내릴 수 있을까.

계속 텅 빈 상태로 굴러다니고 싶지 않았다. 투병하며 깨닫지 않았나. 앞으로 몇 번의 숨을 들이쉬었다가 내쉴지는 아무도 모른다. 삶에는 연습이 없다. 나는 이번 생을 처음이자 마지막으로 살다 갈 것이다. 그렇다면 한 번뿐인 삶을 어떻게 살아야 할까? 이 질문을 던진 순간 이전의 삶을 떠나보낼 용기가 생겼다. 그리고 비로소 두 번째 삶을 맞이했다.

나는 소로의 말처럼 삶의 골수까지 맛보고 싶었다. 삶의 제일 낮고 깊은 곳까지 닿아서 낱낱을 찍어 먹고 싶었다. 그러려면 바깥이 아니라 내면으로 눈길을 돌려야 한다고 생각했다. 그래서 더 낮고 깊은 곳으로 뛰어들었다. 나와 타인, 삶과 죽음을 바라보는 관점에 생긴 균열 사이로.

'날개가 있는데, 좀 날면 어떤가'라던 한 영화의 대사를 빌려오고 싶다. 어디로든 갈 수 있는 날개가 있는데, 좀 낮고 깊게 날면 어떤가. 한 번뿐인 삶을 낱낱이 파헤쳐 보면 좀 어떤가. 나는 삶 속으로 기꺼이 곤두박질치련다. 균열 사이를 비집고 들어가 골수까지 빨아 먹으며 살 거다. 더 깊고 진하게 살기 위해서, 인간으로서 성숙해지기 위해서.

모든 이들의 비행을 응원하며
제주에서 하수연 씀.

차
례

2
믿을 수 있는 사람에게만 마음을 줄 순 없을까

3

그랬다면 우리가 이걸 삶이라고 부르지 않았을 거야

1

내 인생, 하이틴인 줄 알았는데 알고 보니 그냥 화이팅

1

내 인생, 하이틴인 줄 알았는데 알고 보니 그냥 화이팅

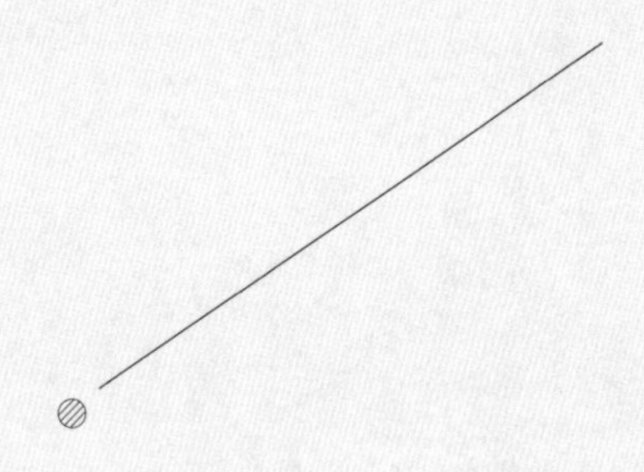

잠과 밥을 줄여가며 목표만 바라보고 살다가 요절할 뻔한 나는, 이제 '열심'은 됐고 삶을 '진심'으로 살고 싶은 마음뿐이다. 더 이상의 아픔은 사절이고 삶의 낱낱들, 좋은 것과 소중한 것을 보듬으면서 천천히 내 속도대로 가고 싶다.

가족들과 웃으며 밥을 먹고 올해 걸었던 벚꽃길을 내년에 다시 걷는 게 목표였던 나는, 이제 '열심'과 작별한다.

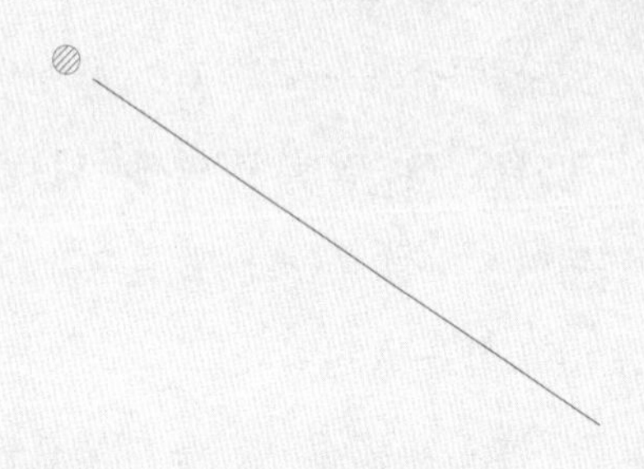

얼굴 없는 사람이다. 그는 주사기를 들고 나를 내려보고 있다. 주사기는 너무 커서 꼭 장난감 같다. 내가 눈을 뜬 걸 알아챈 그가 말한다. "이제부터 네 골수를 뽑아갈 거야." 펄쩍 뛰며 이유를 묻는다. 내 골수가 어떤 골수인데 네가 손을 대냐고 화를 낼 참이다.

"힘들게 골수 이식을 해놓고도 맹탕처럼 사는 꼴이 성에 안 차서."

돌아온 답은 내 기를 단번에 죽인다. 나는 납작 엎드려 빈다. 지금 번아웃이라서 그렇다고, 이제부터 열심히 살 테니까 한 번만 봐달라고. 그는 단호하게 거절한다.

"진작 그랬어야지."

결국 골수를 모조리 뽑힌다. 몸이 시려서 눈을 뜬다.

… 아, 개꿈.

몸을 일으켰다. 괜히 골반뼈가 욱신거리는 것 같아 문지르며 시계를 쳐다봤다. 새벽 두 시. 오늘도 제대로 자기는 글렀다. 한숨을 쉬면서 소란스러운 병실을 떠올렸다. 보호자까지 총 열두 명. 나를 빼면 열한 명. 뒤척이는 소리, 앓는 소리, 울음소리, 코 고는 소리 틈에서 혼자 자고 싶은 마음이 절실했다. 절실했던 만큼 투병이 끝나면 삶을 더 사랑할 줄 알았다. 그런데 번아웃이라니.

생을 향한 모든 의지를 불태워 살아남은 탓일까. 나는 재가 되었다. 소진된 거다. 살랑살랑 부는 바람에도 이리저리 흩날렸다. 그래서 골수를 뽑아가는 악몽에서도 저항할 수 없었다. 힘없이 흩날리고 있는데 어떻게 화를 내겠는가. 그냥 불쌍하게 비는 수밖에.

같은 병실에서 웃고 울던 사람들이 많이 떠났다. 부고를 접할 때마다 슬픔보다 의문이 앞섰다. 인간의 삶이 이렇게 허무해도 되는 건가? 모두들 그 누구보다 살고 싶어 했고, 살아야만 하는 이유도 차고 넘쳤다. 그런데 그들은 떠나고 '에이씨, 이러다 죽으면 죽는 거지, 뭐'라고 시부렁거린 나만 남았다. 살겠다는 의지가 남들보다 더 강해서도, 꼭 살아야만 하는 이유가 있어서도 아니었다. 모든 게 운이었고 그게 팔자라면 팔자였다.

나는 허무에 파묻혀 끊임없이 되물었다. 어차피 인간은 모두 죽는데 나는 왜 아득바득 살아남고자 했을까? 인생 정말 별것 없다는 사실을 이미 알아버렸는데 앞으로 무엇을 기대하며 살아야 하지?

죽기 직전까지 갔으면서도 삶을 사랑하는 게 어려웠다. 그게 부끄러워서 견딜 수 없었다. 하지만 또다시 아프게 된다면 살려고 발악할 게 분명하다. 그때 나는 이 권태로운 시간을 얼마나 후회하게 될까. 삶의 소중함을 알기 위해서 다시 건강을 잃을 수는 없다.

계속해서 같은 실수를 저지르지 않으려면 이유를 알아야 했다. 인간은 왜 실수를 반복할까? 끝없는 욕심 때문일까? 그렇다면 내가 어떤 욕심을 가지고 있는지 묻지 않을 수 없다. 인생 별것 없다는 걸 알면서도 나는 무엇을 탐내고 있는 걸까.

인간이 앞날을 기대하면서 나아갈 수 있는 건 망각 덕분이다. 망각은 경험을 흐릿하게 만든다. 모든 일을 빠짐없이 기억한다면 우리는 미쳐버릴지도 모른다. 망각 덕분에 적당히 무뎌지고, 적당히 잊으며 내일을 살 수 있다. 문제는 허무맹랑한 기대를 얹을 때 생긴다. 불행이 지난 다음에 행복이 제 발로 찾아올 거라 기대하면 실망할 수밖에 없다. 누구도 나에게 불행 다음에는 행복이 올 거라 약속한 바 없다.

그랬다. 내가 소진된 이유는 살기 위해 모든 힘을 쏟아서가 아니라 멋대로 상상한 미래가 오지 않아서였다. 그게 내 욕심이었다. 이만한 불행을 겪었으니 이만한 행복도 다가올 거라 막연히 믿었다. 정말 어리석었다. 인생이 내가 생각한 대로 흘러간 적이 있었나? 희귀난치병이 인생 계획에 있기나 했던가? 그걸 알면서도 언제 어디서 올지 모르는 행복을 기다리다니. 나를 권태 속에 쑤셔 넣은 범인은 나 자신이었다.

돌이켜 보면 언제나 불행은 요란하고 행복은 조용했다. 불행은 갑작스럽게 닥쳐오지만 행복은 그렇지 않다. 행복은 다가오는 게 아니라 이미 삶 곳곳에 조용히 머무르고 있었다. 환상 같은 기대가 눈을 가리고 있어서 발견할 수 없었을 뿐이다. 나는 행복이 찾아올 것이라는 욕심과 기대를 버려야 했다. 그리고 멀뚱멀뚱 기다릴 게 아니라 직접 찾아 나서야 했다.

그쯤부터 자주 골반뼈를 문지르며 되뇌었다.

자기 연민은 이쯤에서 끝내야 해.

이게 두 번째 삶이라는 걸 잊어서는 안 돼.

돌이켜 보면 언제나
불행은 요란하고 행복은 조용했다.

⊘⊘⊘

행복은 다가오는 게 아니라
이미 삶 곳곳에 조용히 머무르고 있었다.

망한 건 내가 아니다

망했다. 친구들한테 '나는 반백수다', '백리랜서다'라고 농담하고 다니긴 했지만 진짜 백수가 될 줄은 몰랐다.

준비하던 책을 출간하지 않기로 했다. 출판사도 나도 오래 고민하고 내린 결정이지만 여태까지 쏟은 노력과 시간이 공중분해된 것 같은 아쉬움은 어쩔 수 없었다. 허탈해서 펑펑 울었다. 2년 넘게 준비한 원고는 아마 빛을 못 볼 확률이 높다. 곧 책이 나올 거라고 동네방네 떠들고 다닌 나는 뭐가 되는 거지. 군대라도 다녀온 셈 치려고 했는데 생각해 보니 군대는 1년 6개월이다. 젠장, 나는 그냥 2년 동안 집에서 글만 쓴 사람이 됐다.

그렇다고 여기서 포기하면 오직 나만 원고의 존재를 알고, 이 원고는 오직 나에게만 읽힌다. 그건 안 된다. 수정을 하든 투고를 하든 다시 마음을 잡아야 했지만 이미 맥이 풀려서 아무것도 할 수 없었다. 책도 보기 싫고 글은 더욱 쓰기 싫었다. 원고 파일은 감히 열어 볼 엄두도 나지 않았다. 그래서 전부 관두고 두 달 동안 술만 마셨다. 알코올로 이성을 마비시키는 게 내가 할 수 있는 가장 높은 수위의 자기 파괴였다.

한창 훌쩍이고 있는데 카카오톡 메시지가 왔다. 친구 홍이었다.

[야, 만약 홀딱 벗고 운동장 세 바퀴 돌면 10억 준대. 그럼 할 거야? 참고로 중요 부위 가릴 수 없음ㅋㅋㅋ]

얘는 어디서 또 뭘 봤길래 이런 걸 물어보나. 그래도 물어봤으니 답은 해야지. 음, 홀딱 벗고 운동장 세 바퀴라고? 2년 동안 재난지원금으로 겨우 살고 있는데 운동장 세 바퀴에 10억이면… 땡큐잖아?

[옆돌기하면 보너스 있나요?]

때로는 자존심이고 뭐고 모든 걸 내려놓아야 할 때가 있는 법. 이게 바로 어른의 삶이지. 암, 그렇고말고. 홀랑 벗고 뛰는 나를 상상하고 있는데 답장이 왔다. 얘는 옆돌기 받고 뜀틀까지 가능하단다.

[홍아, 뜀틀은 좀 오버 아닐까.]

[뭐가 오버야.]

[거시기를 굳이 오픈할 필요는 없잖아.]

[웃기네. 옆돌기는 괜찮냐, 그럼?]

[빨리 돌면 되지, 잘 안 보이게. 슈슉, 슈슉]

우리는 옆돌기고 뜀틀이고 높이뛰기까지 하자며 한참 낄낄댔다. 진짜 웃긴데 사실 안 웃겼다. 나는 나대로, 홍은 홍대로 직업에 대해 고민을 하던 시기였다.

홍은 권상우 주연의 영화 〈히트맨〉을 보며 엉엉 운 적이 있다고 한다. 슬픔을 그림으로 극복하는 어린 준의 마음을 알 거 같아서 한 번, 준이 1급 기밀을 웹툰으로 그려서 대박이 터진 걸 보고 부러워서 또 한 번. 홍은 그만큼 그림 그리는 일을 사랑했다. 아마 돌잡이로 4B 연필과 잠자리 지우개를 잡지 않았을까. 그런 홍도 외주 작업이 뜸할 때면 자신이 쓸모없이 느껴진다고 했다. 그림은 그림이고, 돈은 돈이니까.

'홀딱 벗고 운동장 세 바퀴 돌면 10억'이라는 말도 안 되지만 솔깃한 질문을 던진 날, 아마 홍은 자신의 쓸모와 돈 사이에서 고민하고 있었을 거다. 나 역시 그럴싸한 결과를 내지 못하고 있는 데다가 혼자 먹고살기 힘들어 부모님께 의지하고 있었으니 처지는 비슷했다.

[홍아, 그래도 우리는 분명 필요한 사람일 거야. 돈은 못 벌어도.]

[그런가. 근데 나는 왜 내가 쓸모없는 것 같다는 생각이 들지?]

글을 썼다 지우길 반복하다가 결국 답장을 보내지 못했다. 그때 나는 이렇게 묻고 싶었다. 홍아. 우리는 어쩌다 돈에, 아니 자신의 쓸모에 연연하게 됐을까? 우리 어릴 땐 이러지 않았잖아. 언제부터였을까? 너는 기억해? 난 잘 모르겠다.

사람은 자신이 가치가 있는지 없는지를 정확히 판단할 수 없다. 고기 무게를 달듯이 저울에 덜렁 올려놓을 수도 없고, 객관적으로 점수를 매기는 기준도 없는데 어떻게 알 수 있단 말인가. 그래서 능력, 직업, 재산, 명성, 학벌처럼 보이는 것만 가치 있다고 여긴다. 자본과 성과 중심의 사회가 만들어낸 편향이다.

이런 사회에서 한 인간이 자책하지 않을 수 있는 날이 얼마나 될까? 우리는 번번이 자신이 가시적인 지표에서 미달되거나 생산적이지 못하다고 느껴 괴로워하고, '가치 없다' 혹은 '쓸모없다'는 말을 타인으로부터 듣거나 스스로에게 들려준다. 그러면 정말 자신이 쓸모없게 느껴진다. 자괴감은 여기서 비롯된다. 홍과 나도 마찬가지였다.

'밥벌이는 해야 한다'는 강박은 단순히 먹고사는 일만을 의미하지 않는다. 사회 안에서 역할을 가진다는 건, 이 세상에 내 자리 하나는 지키고 있다는 자부심이고, 쓸모의 근거이며 나아가 존재의 증명이 된다. 하지만 사회 안에서의 역할과 위치라는 잣대로 가치를 매기는 것은, 인간을 사물이나 상품으로 보는 일이 아닐까.

인간이 도구나 수단이라면 쓸모에 따라 상대적으로 가치가 매겨질 수밖에 없다. 그러나 인간은 숫자로 계산되거나 환산될 수 없다. 가치를 따져서는 안 되는 존재다. 그러니 스스로 사회의 잣대를 들이대며 가치를 따지는 일은 그만두고, 나도 여러분도 존재 자체로 이미 소중하다는 사실을 깨닫자고… 이쯤에서 아름답게 얘기를 끝내면 얼마나 좋을까. 모두가 이 말을 진심으로 믿는다면 얼마나 좋을까.

하지만 우리는 안다. 모두가 이유 없이 소중하다는 말에 잠깐은 감동받을 수 있어도, 뒤돌아서면 바로 잊어버린다는 사실을. 다시 내가 가진 것을 이리저리 재고, 누구는 저만큼 앞서가는데 나만 제자리네 하며 비교하게 된다는 사실을. 오늘 내가 얼마나 생산적이었는지 따져보며 내일은 오늘보다 더 열심히 살겠노라 압박을 가지는 것은 나를 나 자신과 경쟁하게 만든다. 나는 나를 상대로 싸우는 것이다. 미래의 내가 편안하고 행복하게 살길 바라는 마음에 지금 나를 끊임없이 소진한다면 얼마 지나지 않아 소멸될 것이다. 그렇다. 한병철 교수가 《피로사회》에서 말했듯 결국 나는 가해자이자 피해자이며, 주인이자 노예다.

내 존재 자체로도 소중하고 가치 있으니 아무것도 하지 않는다면 굶어 죽는다. 반대로 내 가치를 생산성과 판매력으로만 판단한다면 나는 품절된다. 먹고살면서도 존엄을 지키기 위해서는 양극단 중 어느 쪽으로도 치우치지 않아야 한다. 그러려면 어떻게 해야 하는가. 인간인 나와 사회 안에서 나의 역할을 구분해야 한다.

나는 종종 스스로에게 묻는다. 너는 지금 자신을 무엇으로 보고 있느냐고. 내가 쓸모없이 느껴질 때는 나를 사물로만 보고 있는 것이다. 반대로 대충 살아도 괜찮다는 안일한 생각이 들 때는 존엄한 인간이라는 단어 뒤에 숨어 합리화를 하고 있는 상태다. 그럴 때는 '그래도 먹고는 살아야 하니 일은 해야 하지 않겠냐, 이 사회적 인간아!'라며 내 엉덩이를 걷어차기도 한다.

작가 하수연은 실패할지라도 인간 하수연이 실패하는 게 아니다. 모든 사람이 마찬가지다. 칸트의 말대로 인간은 가치를 측정할 수 없는 존엄을 지닌 존재이기에, 역할의 실패가 인간의 실패라고 할 수 없다.

사회적인 나와 인간인 나를 구분하면 마음이 한결 편하다. 망하더라도 망한 건 내 역할이지, 나라는 인간 자체가 아니니까.

인간으로서 나는, 결코 망할 수 없다.

비버는 오늘도 집을 짓는다

집이 무너진 비버의 표정을 본 적 있는가. 만약 파스칼이 그 표정을 봤다면 《팡세》의 내용은 이렇게 달라졌을지도 모른다. '무너진 집은 비참하지 않다. 비참한 것은 오직 인간…과 저 비버뿐'이라고.

비버는 뛰어난 건축가다. 집을 짓기 전에 댐을 먼저 만든다. 천적이 쉽게 접근할 수 없도록 물길을 막고, 수심이 깊은 물 한가운데에 자리를 잡는다. 그다음 나뭇가지를 켜켜이 쌓아 기초를 세우고, 사이사이에 진흙을 바른다. 진흙은 굳으면 견고해진다. 민물에 사는 비버의 집은 이렇게 튼튼하다.

그런데 동물원에 사는 비버의 집은 하루가 멀다 하고 무너진다. 사육사가 일부러 부수기 때문이다. 야생에 비해 활동량이 적으니 비버의 건강을 위해 집을 부숴 할 일을 만들어 주는 거다. 자기를 위한 일이라는 걸 알 리 없는 비버는 집이 날아갈 때마다 입을 떡 벌리고 경악한다. 사육사를 보는 눈에는 욕이 한 바가지 담겨 있는 것 같다. 얼마나 충격일까. 눈앞에서 집이 막 날아가는데.

비버는 다시 집을 짓는다. 다 지으면 사육사가 또 냅다 부순다. 나뭇가지가 사방팔방으로 날아간다. 어처구니가 없어 보이는 비버를 보며 생각했다. 쟤도 비참할까? 저 덩치 큰 동물이 왜 멋대로 집을 부수는지 궁금하지 않을까? 단단한 이빨로 콱 물어버리고 싶진 않을까?

그러나 비버는 비참함을 모른다. 집이 날아갈 때 잠시 충격은 받겠지만 다시 집을 짓는 일에 몰두한다. 비버를 움직이게 하는 건 이성이 아니라 본능이다. 그렇다면 인간은 어떤가. 대부분 비참할 것이다. 무너진 집을 보자마자 일으켜 세우기 위해 곧장 움직이는 비버와 다르다. 인간은 마음을 추스르는 데 많은 시간이 필요하다.

굴곡 없는 삶은 없다. 누구나 삶이 무너지는 일을 겪는다. 그때 우리는 무엇을 느꼈나. 슬프고, 억울하고, 화가 나고, 절망하고, 비참하다. 그걸 느낄 수 있는 건 의식이 있고 사유할 수 있기 때문이다. 금세 털고 일어나는 사람이 얼마나 있을까? 오늘도 누군가의 삶은 무너졌을 테고 누군가는 비참함에 빠져있을 것이다. 누군가는 그런 삶마저 사랑하려고 있는 힘껏 애를 쓰고 있으리라.

비버만큼 빠를 수는 없지만, 그래도 사람은 다시 삶을 지을 수 있다. 살아 있는 인간은 계속 살기를 원한다. 자기 존재와 삶을 이어가려는 본능이 있기 때문이다. 생을 향한 충동은 살라고 끊임없이 부추긴다. 이 명령 같은 힘이 사라지지 않는 한, 인간은 삶이 몇 번 무너지든 다시 짓는다. 아무리 많은 시간이 걸리더라도.

그렇다면 이런 질문을 던질 수 있다. 무너짐과 일으킴을 반복하는 삶에 도대체 무슨 의미가 있을까? 의미가 있다면 무엇이고, 없다면 왜 반복해야만 하는 걸까? 인간에게 생의 충동이 있다는 걸 알기 위해서일까? 겨우 그걸 알려고 삶이 무너지는 고통을 여러 번 겪어야 한단 말인가?

무너졌다 일어나기를 반복하며 어렴풋이 느낀 바가 있다. 삶은 그 자체로 과정이라는 것. 나는 살아있는 한 선택하고 과정을 겪고 결과를 감당하는 일을 그만둘 수 없다는 것. 그러므로 아주 작은 일이라도 결코 하찮지 않고 쓸모없지 않다는 것. 그리고 무너진 삶을 다시 짓는 과정에서 삶은 조금씩 넓어지고 깊어지고 있다는 것이다.

무너지는 일과 일으키는 일을 평생 반복해야 한다면, 나는 기왕 무너지는 거 미련 없이 무너지고 싶다. 그리고 명령 같은 생의 충동에 이끌려 다시 일어설 때는 시야를 넓히고 사유에 깊이를 더하고 싶다. 무너지고 다시 일으키는 반복 속에 어떤 의미가 있다면, 바로 이것이다.

비버는 평생 집과 댐을 넓히고 고치며 산다. 그 모습을 보고 나도 삶에 댐을 만들기로 했다. 일상이 무심히 흐르지 않도록, 경험이 고작 과거의 일로 그치지 않도록. 그렇게 깊어진 삶 한가운데에 오직 나를 위한 집을 지을 거다. 경험을 박박 긁어모아 뼈대를 만들고, 사유라는 진흙을 사이사이 덧발라 굳힐 거다. 철학자 가스통 바슐라르의 말처럼 이 집이 내 몽상을 지켜주고, 몽상하는 나를 보호하고, 평화로운 꿈을 꾸게 해주길 바라면서.

인간은 삶이 몇 번 무너지든 다시 짓는다.

◎◎◎

아무리 많은 시간이 걸리더라도.

아침 여섯 시. 포카리 스웨트를 쳐다보며 생각했다. 사람은 정말 불행과 고통으로부터 성장하는 걸까?

술을 퍼마시고 꺽꺽 운 다음 날이었다. 갈증에 눈을 떴는데 물 몇 잔으로는 해소가 되질 않아 이온음료를 사러 나갔다. 계산을 하려는데 포카리 스웨트의 뒷면이 찌그러져 있었다. 얘는 편의점까지 뒷구르기 하면서 왔나. 만지작거리고 있으니 직원이 다른 걸로 바꿔가도 된다고 했다.

잠시 고민하다가 바꾸지 않고 그대로 사 왔다. 앞에선 멀쩡해 보이는데 알고 보니 찌그러진 게 꼭 나를 보는 것 같아서 데려와야 했다. 잘 모르겠지만 너도 사연이 있겠지. 그렇게 머리통이 찌그러진 포카리 스웨트와 나란히 벤치에 앉게 됐다. 이른 시간에도 멀끔히 정장 입고 출근하는 이들을 바라보았다. 다들 열심히 사는군. 나는 술 퍼먹고 갈증 나서 이러고 있는데…. 그래도 저들 또한 나름의 고충이 있겠지… 있을까? … 없나?

에라, 모르겠다. 벤치에 털썩 누웠다. 날씨는 흐리고, 아침 기온은 쌀쌀하고, 포카리 스웨트는 찌그러졌고, 휴대폰 배터리는 간당간당했다. 뭐 하나 내 마음을 닮지 않은 게 없었다. 그래서 그런가, 어제는 온 세상이 미웠는데 오늘은 퍽 정이 갔다. 근데 어제는 왜 그렇게 울었더라. 아, 생각도 못 한 불행 때문이었지. 앞으로 어떻게 해야 할지 몰라 막막해서 울었지. 누군가가 지나가는 말로 '그것도 다 경험이야'라고 해서 울었지. 내 인생, 하이틴 영화일 줄 알았는데 그냥 화이팅이구나 싶어서 울었지.

나중에는 이것도 다 경험이라고 생각할지도 모른다. 하지만 고통을 통과하는 중에는 전혀 위로가 되지 않는다. 순식간에 쏟아지는 불행과 고통은 소나기와 같다. 어차피 다 경험이 될 테니 소나기를 자주 맞는 게 좋다고 말하는 거랑 뭐가 다른가. 소나기가 언제 비 맞느라 고생했다면서 무언가를 주고 가던가. 단지 불행이라는 먹구름을 끼고 고통을 흩

뿌리며 지나갈 뿐이다.

삶이 내게 불행을 던지면 영문도 모르고 일단 얻어맞았다. 그리고 어안이 벙벙한 채로 왜 하필 나한테 이런 일이 생기느냐고 악을 썼다. 고통은 몸과 마음에 난도질을 하고 홀연히 사라진다. 그게 늘 불만이었다. 나는 지나간 고통 속에서 무엇이라도 얻어야만 했다. 어떤 경험이든 이유와 의미가 있어야만 이 일을 겪을 만한 가치가 있다고 믿었기 때문이다. 그래서 쌀 한 톨만 한 교훈이라도 얻으려고 악착같이 상황을 곱씹었다.

사람들은 눈에 보이는 사건의 표면 뒤에 심오한 의미가 있을 것이라 생각한다. 갑자기 닥친 불행을 극복하고 앞으로 나아가려는 의지 때문일 것이다. 그러나 어떻게든 상황을 이해하려는 노력이 오히려 삶을 더 파괴하기도 한다. 우리가 맞닥뜨리는 사건은 대부분 인과관계가 뚜렷하지 않고, 고통은 선과 악을 구분하지 않는다. 불행과 고통은 업보가 아니다. 다만 무차별로 쏟아지는 것에 속수무책으로 부딪힐 뿐이다.

어차피 나를 관통할 고통이라면 우선은 뚫고 지나가게 두어야 한다. 이건 내가 원한 게 아니라며 내던지고, 거부하고, 외면해도 결국 이미 일어난 일이다. 상황에 저항할수록 고통스럽다. '왜?'라고 끊임없이 물으며 원인을 나에게서 찾는 행동은 자해와 다름없다. 다시금 고통스러워질 뿐 아무런 도움이 되지 않는다. '왜?'는 자책과 우울, 패배감과 무력감을 달고 온다. 그게 반복되면 부정적인 감정에 갇혀 옴짝달싹할 수 없다. 평생 고통받고 싶은 게 아니라면 원인을 찾는 일을 그만두어야 한다.

나는 내게 닥친 온갖 불행을 통제할 수 없고, 불행이 일어나는 데는 명확한 이유도 없다. 그러니 집요하게 의미를 찾고 상황을 해석하려는 무의미한 태도는 떨쳐내는 게 현명하다. '왜 하필 나에게 이런 일이?'가 아니라 '그래, 이미 일어난 일은 됐고, 앞으로 어떻게 해야 하지?'를 물을 때 다음 단계로 넘어갈 수 있다. 상황이 아니라 방향에 물음표를 다는 거다.

나는 모든 일의 인과관계를 이해할 필요도, 나에게서 원인을 찾을 필요도 없었다. 미래를 예측하지 못한 게 내 잘못은 아니니까. 그렇게 생각하니 조금 덜 저항하고 조금 더 빨리 받아들일 수 있었다. 아무렇지 않을 수는 없었지만.

어제는 술을 잔뜩 마셨고 꺽꺽 울었다. 이만하면 감정은 웬만큼 털어냈다. 이제는 꼬일 대로 꼬인 일을 어떻게 풀어야 할지 생각할 차례였다.

다시 포카리 스웨트를 벌컥벌컥 들이마셨다. 우중충한 하늘을 보니 곧 비가 쏟아질 것 같았다. 이런 날은 카페에서 차분히 생각을 정리하는 게 좋다. 노트와 펜을 가지고 나와야지. 찌그러진 포카리 스웨트를 챙겨 일어났다. 빗방울이 조금씩 떨어졌지만 그냥 걸었다.

소나기는 영원히 쏟아지지 않는다.

모든 건 지나간다.

잠은 죽어서 자라뇨, 그건 그냥 죽은 거잖아요

친구와 영화 〈신과 함께〉를 본 날, 우리는 지옥 시스템을 개선해야 한다고 목소리를 높였다.

"야, 좀 대충 살았다고 나태 지옥에 가야 되면 자신을 소중하게 돌보지 않은 사람들이 가는 착취 지옥도 있어야 되는 거 아니야?"

"그러니까. 열심히 살다가 번아웃 온 사람은 착취 지옥이랑 나태 지옥을 번갈아 다녀야 돼? 온탕과 냉탕처럼? 샤브샤브야, 뭐야."

'잠은 죽어서 자자'며 너도나도 자기 계발에 한창 열을 올리던 때였다. 미디어는 능력과 성과로 자기 가치를 증명하지 못하거나 목표를 이루지 못하면, 사회에서 도태될 거라는 공포를 선전했다. 나는 잠은 죽어서 자자는 표현에 진저리를 치는 사람이다. 죽어서 잠을 자라니, 그건 그냥 죽은 게 아닌가. 잠은 깨어나는 걸 전제로 한다. 숨이 멈춰서 깨어나지 않는 걸 우리는 사망이라고 부른다.

나는 불면증으로 고생한 적이 있어서 잠에 빠져드는 게 얼마나 황홀한 일인지 안다. 셰익스피어의 말마따나 잠은 힘겨운 노고를 씻어주는 목욕이자 상처받은 마음에 바르는 연고다. 나는 몸이 보내는 신호에 정신을 내어준다. 노고를 씻어내고 마음에 연고를 마음껏 바를 수 있는 절호의 기회를 놓칠 수 없다. 그래서 자고 싶을 때 자고 일어나고 싶을 때 일어난다. 프리랜서라는 좋은 구실 덕분이다.

이런 내가 한심해 보이는지 주변에서 가끔 이런 말을 한다. "너는 열정이 없는 거 같아", "네가 좀 치열하게 살았으면 좋겠어"라고. 그리고 덧붙인다. 그게 네 성격인지, 제주에 살아서인지, 뭔가 믿는 구석이 있어서인지 모르겠다고 말이다. 내가 어떻게 살든 댁이 무슨 상관이냐고 받아치고 싶은데 늘 상대가 연장자다. 내 안의 유교걸이 외친다. 장유유서! 장유유서!

대충 웃음으로 넘어가려고 하면 인생 선배가 해주는 충

고이니 새겨 들으라며 일장연설을 늘어놓는다. 나는 생각한다. 음, 저런 어른은 되지 말아야지. 상대가 어떤 하루를 보내는지, 어떻게 살아왔는지 모르면서 함부로 판단하지 말아야지. 하지 말아야 할 행동의 모범을 보여주니 '인생 선배'라는 수식이 아주 틀린 건 아니구먼. 내가 열정은 없어도 이런 상황을 가볍게 넘길 수 있는 여유는 있다 이거다. 가만히 들어보니 다 맞는 말이라고, 교사를 하셨어야 된다고 맞장구에 꽹과리까지 치면 상대는 만족한다. 그래야 연설이 빨리 끝난다.

잠과 밥을 줄여가며 목표만 바라보고 살다가 요절할 뻔한 나는, 이제 '열심'은 됐고 삶을 '진심'으로 살고 싶은 마음뿐이다. 나를 갈아가며 살고 싶지 않다. 더 이상의 아픔은 사절이고 삶의 낱낱들, 좋은 것과 소중한 것을 보듬으면서 천천히 내 속도대로 가고 싶다. 물론 스스로 채찍질해야 할 때도 있지만 절대 무리하지 않는다. 내 건강과 안녕이 최우선이다.

나처럼 사는 사람이 있는 반면, 열정적으로 살아야 진짜 사는 것처럼 느끼는 사람도 있다. 그렇다면 우리가 생각해 보아야 하는 건 치열하게 살아야 하는지 아닌지의 여부나 열심히 사는 기준 따위가 아니라 어떻게 살 때 스스로 살아있다고 느끼는지의 문제일 것이다. 여기에 정해진 답은 없다. 치열하게 사는 게 만족스럽다면 치열하게 살면 되고, 느긋하게 사는 게 만족스럽다면 느긋하게 살면 된다.

나에게 살아있다고 느끼는 순간이 언제냐고 묻는다면 이렇게 답할 거다. 당연하고 시시콜콜한 것을 감각할 때, 오늘 잠자리에 누우며 눈물짓지 않을 때, 눈꺼풀이 어스름 속에서 감기는 순간을 만끽할 때, 가슴이 답답하지 않을 때, 원하는 만큼 숨을 들이쉬고 내쉴 때, 그리고 삶이 허망하다 느끼지 않을 때라고.

이게 가장 큰 행복이 아니어도 좋다. 어쨌거나 내 삶은 누군가의 선의 덕분에 가까스로 연장되지 않았나. 욕심도, 야망도 없다. 나는 이 정도면 족히 행복하다. 이걸 잊지 않는 사람이고 싶다. 언젠가 가질 수도 있는 것을 욕망하기보다 지금 가진 것에 무뎌지지 않고 싶다.

뇌혈관이 터질지도 모르니 똥 쌀 때 너무 힘주지 말라는 소리를 들었던 나는, 자다가 죽는 게 소망이었던 나는, 가족들과 웃으며 밥을 먹고 올해 걸었던 벚꽃길을 내년에 다시 걷는 게 목표였던 나는, 이제 '열심'과 작별한다.

내 삶이 누군가의 선의 덕분에
가까스로 연장되었다는 것을 기억한다.

⊘⊘⊘

그래서 지금 가진 것에 무뎌지지 않고 싶다.
이게 가장 큰 행복이 아니어도 좋다.

삽질하면 근육이라도 커지겠지

정체 모를 프리랜서들과 카페에서 매일 마주친다. 이제는 어떤 동지애마저 느껴질 정도라 글이 막힐 때면 옆 사람에게 묻고 싶다. 너는 하는 일이 잘되어 가냐고. 나는 지금 머리털이 다 빠질 것 같다고.

미치겠다. 내가 알기로 창작의 고통은 이것보다 훨씬 멋지고 고독했다. 영화 보면 그렇잖아, 주인공이 백지 앞에서 미간을 찌푸리고 고뇌하는… 줄담배 피우다가 번쩍이는 영감을 받는… 뭐, 그런 거. 영감이고 나발이고 나는 장난감 강아지가 된 것 같았다. 깡깡깡깡! 맹렬히 짖으면서 앞으로만 나아가는 장난감. 아무리 돌진해도 벽이 가로막고 있다는 걸 느끼는 순간 깨닫는다. 젠장, 나 지금 슬럼프구나.

내 우울과 무기력은 대부분 슬럼프에서 시작된다. 그래서 슬럼프가 제일 무섭다. 가벼운 우울 정도는 고양이와 술, 그리고 슬래셔 영화 몇 편이면 어느 정도 해소되지만 슬럼프는 그렇지 않다. 무슨 짓을 해도 벗어날 수 없는, 오히려 벗어나려고 발악할수록 빠져드는 늪이라는 걸 너무 잘 알고 있다. 그래서 슬럼프가 왔다 싶으면 울거나 술을 마시거나, 혹은 둘 다 동시에 하며 생각한다.

'나 아무래도 재능이 없는 거 같은데…. 지금 삽질하면서 시간 낭비하고 있는 거 아닐까? 이쯤에서 관두고 다른 일을 찾아보는 게 낫지 않을까?'

그러다가 다시 마음을 잡고 노트북 앞에 앉는다. 나는 할 수 있다고 되뇌면서. 나는! 할 수 있다아! 해야만 한다아아아아! … 으허어엉, 아니야, 나 원고 못 쓰겠어….

'할 수 있다'와 '못 하겠다'를 넘나드는 밤. 글쓰기는 글렀으니 슬럼프에 대해 생각해 본다. 이 녀석은 왜 잊을 만하면 찾아오는 걸까. 그리고 어째서 극복했다 싶으면 조롱하듯 다시 돌아와 나를 괴롭히는 걸까.

슬럼프는 언제 어느 때나 찾아온다. 열심히 일하는 중에도, 복잡한 인간관계 속에서도, 혹은 산다는 일 자체만으로도 언제든 무력해질 수 있다. 심지어 한 번이 아니라 평생에 걸쳐서 말이다. 슬럼프가 괴로운 이유는 노력의 성과를 곧바로 확인할 수 없기 때문이다. 붙잡고 있는 만큼 성장하고 있긴 한 건지 도통 알 수 없고, 쌓아가고 있는 건지 깎아먹고 있는 건지 의문이다. 과연 내가 끝까지 해낼 수 있을지 의심스럽다. 슬럼프는 해일같이 밀려오고 나는 해파리처럼 흐물흐물 쓸려간다.

하지만 슬럼프를 여러 번 겪으며 알게 된 것이 있다. 잘 쓰고 있던 글이 구리게 보이는 '내 글 구려 병' 같은 시기가 오는 건 그만큼 성장했기 때문이라는 것. 노력한 만큼 나오지 않는 결과물을 기꺼이 마주하며 고통을 느껴야 한다는 것. 정체라는 고통에 몸부림을 쳐야만 다음 성장점에 닿을 수 있다는 것. 그래서 내가 손으로 똥을 싸는 것처럼 느껴도 계속 써야 한다는 것이다.

글뿐만 아니라 모든 일이 그렇다. 여기서 더 이상 발전할 희망이 없다고 느끼는 건, 이제 그 정도에는 익숙해진 것이다. 그렇다면 우울해하거나 자기 비하를 할 게 아니라 나를 칭찬해야 하지 않을까? 이번 성장은 여기까지군. 나 자신, 그동안 수고했다!

슬럼프에 대처하는 방법은 무리해서 버티는 것도, 포기

하는 것도 아니었다. 잠시 멈췄다가 쉴 만큼 쉬었으면 다시 일어나면 되는 거였다. 그리고 고통스러운 정체에 몸을 던져 하던 일을 계속한다. 그럼 어느새 다음 성장점에 도착한다. 이게 전부다.

나는 스스로를 파악하는 능력이 부족하다. 건강을 해치지 않는 선까지 열심히 하고 싶은데 그 선을 아직 모른다. 내가 언제쯤 지치는지, 얼마나 쉬어야 하는지 모른다. 그래서 눈치코치와 지구력을 키우기 위해서 오늘도 열심히 삽질… 아니, 고통받으며 이번 슬럼프가 지나가기를 기다리고 있다. 강원국 작가가 말했듯 써낸 결과만 의미 있는 것이 아니라 쓰지 못하고 끙끙 앓는 시간도 소중하다. 결과에 닿을 때까지 노력하고 있다면, 분명 슬럼프도 성장하는 과정이다. 비록 종종 정체될지라도 나는 찔끔찔끔 나아가고 있다고 믿는다.

아무리 뛰어도 제자리인 것 같을 때는 잠시 쉬면서 나에게 알려줘야 한다. 눈에 띄는 변화가 당장 나타나지 않을 뿐, 조금씩 진전하고 있다고. 성장은 언제나 계단식이라는 걸 잊지 말자고. 그리고 여태까지 내가 얼마나 많은 일을 겪고 또 이뤘는지를 기억하라고.

누가 이것을 실패라고 불렀는가

환자는 완치가 되는 순간부터 환자가 아니다. 이제는 아픔 뒤에 숨을 수도 없고, 아프다는 핑계를 댈 수도 없다. 나는 이제 성인으로서, 사회 구성원으로서 제 몫을 해야 했다. 취업 시장 앞에 쭈뼛쭈뼛 선 내 모습은 남루해서 차마 봐줄 수가 없었다. 어마무시한 스펙 괴물들도 취뽀(취업 뽀개기)를 못 해서 쩔쩔매는데 내가 저걸 어떻게 뽀개지. 병상에 누워 자격증 공부라도 해야 했나 싶었다. 취업문은 너무나 두터워서 비집고 들어갈 틈도 없어 보였다. 그래도 어떻게든 틈을 내서 사회에 편입해야 했다. 죽다 살아난 사람이 뭘 못 하겠어, 안 그래?

… 못 했다. 놀랍게도 몇 년간 아무것도 못 했다. 할 수 있을 거란 희망, 아무래도 안 될 것 같다는 절망 사이에서 무너졌다가 일어나기를 반복했다. 이건 뭐 청기 백기 게임도 아니고. 고생 끝에 낙이 온다는 말을 믿어 의심치 않았건만, 순 뻥이다. 고생 끝에는 새로운 고생이 찾아온다. 젠장, 나 이제 뭘 해서 벌어먹고 살아야 되지?

레이철 시먼스는 《소녀는 어떻게 어른이 되는가》에서 사랑하는 일을 찾으려면 적어도 두 가지가 필요하다고 했다. 첫째는 마음이 가는 분야를 탐색해 볼 수 있는 시간, 둘째는 시도해 보고 망쳐볼 수도 있는 자유다. 나는 그 시간과 자유 전부를 투병에 써버린 것 같아 서글펐다. 새로운 것에 도전하는 일도 어려웠지만 그보다 실패할지도 모른다는 두려움이 더 컸다. 동시에 얼른 자리를 잡아야 한다는 조급함도 같이 커졌다. 지금 생각해 보면 그럴 필요가 전혀 없었다. 유치원부터 다시 시작해도 마흔 즈음에는 대학을 졸업할 수 있는 나이 아닌가. 말 그대로 새파랗게 어린 나이였다.

지금 사회는 여러 분야를 탐색할 시간도, 시행착오도 허용하지 않는다. 때때로 사회 전반의 분위기가 숨 막힌다고 느끼는 건 착각이 아닐 것이다. 주어진 삶을 누리는 것보다 중요한 건 남들만큼 살거나 남들이 부러워할 만한 삶을 사는 게 되어버렸다. 가치가 규격화된 것이다. 그 틀 안에 빠르게 안착하지 못했다는 이유로 얼마나 많은 이들이 불안해하고 자책하는가.

정말 노력했는데 결과가 기대에 미치지 못하면 벼랑 끝으로 내몰리고, 결국 스스로 목숨을 끊는 청소년과 청년들이 나날이 늘어가는 게 정상적인 사회인가. 이런 분위기에서 꿈을 가진다는 것, 사랑하는 일이나 열정을 들끓게 만드는 일을 하며 살고 싶다는 희망은 철부지의 허무맹랑한 이야기로 들린다. 오직 달성해야 할 목표만 있고 자유롭게 꿈을 꿀 수 없는 세상. 지금 우리는 꿈이 거세된 세상에서 살고 있는 게 아닐까?

그래서 무언가 하나만 실패해도—사실 실패라고 할 수 없는데도—인생이 무너지는 것 같다. 열 번 잘하는 건 당연하지만 한 번 삐끗한 건 수치나 모욕으로 취급된다. 그렇게 따지면 내 인생은 실패다. 계획대로 풀리지도 않았고 견고하게 짜인 틀 안에 안착하지도 못했다. 직업적으로나 경제적으로나 여전히 틀 바깥에서 서성이고 있다.

타인의 삶을 바라보며 '저렇게 살면 어떤 기분일까', '나도 저렇게 살고 싶다'고 생각했다. 부러움과 질투가 뒤섞이다가 마침내 활활 타오른다. 내 마음은 지옥이 된다. 딱 남들만큼만, 아니 가능한 모든 면에서 평균 이상이 되면 안정된 삶을 살고 지금보다 더욱 행복해질 거라 생각했던 건, 결국 삶에 대한 사랑과 환멸이 뒤섞여 빚어낸 착각이었다. 나는 규격화된 가치에 회의를 느끼면서도 그 안에 소속되고 싶었던 것이다.

애초에 그런 욕망이 없었다면 스스로 실패자라고 느끼지 않았을 것이다. 하지만 집단주의 사회에서 살아가는 이상 사회적 욕망을 완전히 없앨 수는 없다. 그렇다면 내가 할 수 있는 건 발화된 열등감을 어디로 도달시키느냐 하는 것이다. 타인을 지향하며 살 것인가, 자기 자신을 지향하며 살 것인가.

타인 지향적 삶에서는 사회적 욕망을 저항 없이 받아들여 그대로 딸려가면 된다. 그곳은 사회적 욕망이 곧 나의 욕망이며, 성취 여부에 따라 패배자와 승리자로 나뉘는 지옥이다. 성취한다 해도 기쁨은 순간이다. 다음에는 더 큰 욕망이 기다리고 있다. 찰나의 기쁨과 억겁의 고통만이 반복된다. 그곳에서는 나만의 고유한 위치가 없다. 오직 타인의 욕망만이 들끓는다.

반면 자기 지향적 삶을 살기 위해서는 앎이 필요하다. 사회와 단절하고 자연인으로 사는 게 아닌 이상 나는 욕망들로부터 자유로울 수 없을 것이다. 하지만 그럼에도 욕망에 순응하지 않고, 그것이 정말 내가 원하는 것인지 면밀히 살펴볼 수 있다. 어쩔 수 없이 생기는 부러움과 질투를 다른 방향으로 이끌 수도 있다. 욕망을 다른 방향으로 이끌려면 끊임없는 노력이 필요하다. 무엇보다 살아있는 동안 이 모든 과정을 반복하겠다는 각오를 해야 한다.

스스로 이 사실을 인식하고 있다면 자기 지향적 삶을 살겠다는 야심 찬 시도가 생각대로 되지 않아도 덤덤하게 일어날 수 있다. 세상이 실패라 부를지언정 내가 실패라 부르지 않는다면, 그건 결과가 아니라 과정이 될 테니 말이다.

늘 성공하는 사람도, 이루고 싶은 일을 계획에 맞게 척척 해내는 사람도 없다. 우리는 끝없이 시행착오를 겪어야만 한다. 그래야 다음 시행착오에 면역이 생긴다. 삶을 지탱하는 건 무너졌을 때 다시 털고 일어난 감각이다.

자신에게 단 한 번의 실패조차 허용하지 않는다면, 스스로 실패자라 낙인 찍고 삶을 정산해 버린다면 우리는 어떤 희망도 가질 수 없다. 잊지 말자. 살아가는 한 모든 순간이 과정이다.

내가 죽을 때까지, 삶은 완결될 수 없다.

내가 일으킬 수 있는 작은 기적, 밍기적

별안간 삶이 너무 무거울 때가 있다. 아무 일도 없는데, 평소와 같은 날들일 뿐인데 만사가 귀찮다. 이불 속에서 밍기적거리다가 대충 식사했다. 맨밥에 조미김을 싸서 먹고 있는데 엄마가 말했다.

"국 끓여놓았는데, 데워 먹지."

"어… 봤는데, 데우기 귀찮아서 그냥 대충 먹으려고."

"으이구, 귀찮아서 숨은 우째 쉬노."

"그니까. 들숨 날숨이 자동이 아니었으면 난 진작 죽었을 거야."

엄마는 쯔쯧 혀를 차며 국을 데워주었다. 음, 맛있다. 내

일부터는 귀찮아도 데워 먹어야지. 하지만 나는 나를 안다. 맨밥에 김이나 올려 먹겠지.

방으로 돌아와 다시 이불 속을 파고들었다. 사는 게 왜 이렇게 무거울까. 에픽테토스의 말마따나 인간이 암만 시신을 짊어지고 다니는 영혼이라지만 이렇게까지 무거울 수가 있나. 내 몸 하나 움직이는 것도 무겁고 귀찮다. 내가 일으킬 수 있는 작은 기적은 밍기적뿐이다.

한참을 누워있다가 다큐멘터리를 보기로 했다. 여러 생명체가 살아가는 모습을 보고 있으면 '쟤들도 생존하는 게 만만찮구나' 하는 위안과 '나도 힘을 내야지' 하는 용기를 얻을 수 있기 때문이다. 그날은 내가 제일 좋아하는 황제펭귄 다큐멘터리를 골랐다.

남극에 사는 황제펭귄은 부화한 지 5개월 만에 홀로서기를 시작한다. 부모 펭귄은 새끼가 어느 정도 크면 먼저 바다로 떠난다. 새끼 펭귄들은 남아서 털갈이를 마친 뒤 삼삼오오 모인다. 둥지를 떠날 때가 된 것이다. 무리 지어 가는 새끼 펭귄들을 보며 생각했다. 쟤들은 바다를 본 적도 없으면서 뭘 안다고 저렇게 씩씩하게 나아가는 걸까? 두렵지는 않나?

펭귄들은 넘어지고 미끄러지며 겨우 바다에 도착한다. 바다를 보자마자 뛰어들 줄 알았는데 예상을 엎고 다 같이 모여 쭈뼛거린다. 뭐지, 저 깜찍함은. 본능에 이끌려 오긴 했는데 바닷속에서 어떤 일이 생길지 알 수 없어 머뭇거리는 듯했다. 불안해하는 모습에 동질감이 조금 느껴질 때쯤, 펭귄 한 마리가 먼저 용기를 내서 풍덩 뛰어든다. 친구가 물범에게 잡아먹히지 않는 걸 확인한(얘들이 약았다) 다른 펭귄들도 모두 뒤따라 뛰어든다. 바닷속을 자유롭게 유영하는 새끼 펭귄들. 아이에서 어른이 되는 순간이다.

동물의 본능은 인간의 타고난 결핍을 자극한다. 떠나야 할 때와 가야 할 곳을 정확히 아는 동물의 본능 앞에서 늘 어디로 가야 할지 고민하는 인간은 초라해졌다. 귀여운 새끼 펭귄들이 나보다 백배는 나았다. 너희들은 최소한 떠나야 할 때와 가야 할 길을 알고 있지 않은가.

본능적으로 언제 어디로 가야 하는지를 아는 야생 동물과 인간은 다르다. '어이쿠, 나는 판검사가 될 인물이로구먼' 하고 태어나는 사람은 한 명도 없다. 그러니 갈팡질팡하며 길을 찾아다니는 이들이 스스로 '길을 잃었다'고 하는 건 적절하지 않다. 길을 잃는 건 처음부터 가야 할 길을 알고 있을 때 가능하다. 나는 살면서 가야 할 길을 제대로 알고 걸어본 적이 없다. 무수한 갈림길 중에서 하나를 골라 걷고 있을 뿐이다. 그러므로 나는 길을 잃은 사람이 아니라 그냥 걷는 사람이다.

도중에 여기가 맞나 싶어 어리둥절할 때도 있었고, 지쳐서 쉴 때도 있었다. 지름길 같아서 냅다 뛰어가다가 넘어질 때도 있었다. 그러면 다시 돌아가 걷던 길을 계속 걸었다. 지금 이 길도 마찬가지다. 끝이 어떨지 나는 모른다. 절벽일 수도, 꽃밭일 수도, 공터일 수도 있다. 뭐가 됐든 도착해 봐야 안다. 가야 할 길을 정확히 아는 새끼 펭귄들도 넘어지고, 미끄러지고, 무리를 잃곤 하는데 인간인 나는 오죽할까.

도착한 곳이 마음에 들면 잠시 즐기다가 다른 길을 찾아 떠날 것이고, 마음에 들지 않으면 잠시 쉬었다가 떠날 것이다. 삶이 다할 때까지 어차피 나는 계속 걸어야 한다. 갑작스런 죽음만이 종착지가 될 것이다. 그곳에 도달하기 전까지 걸음의 목적은 오직 걷는 것에 있다.

오늘도 내 보폭만큼만, 내 속도만큼만 걷기로 한다.

나는 길을 잃은 사람이 아니라 걷는 사람이니까.

조난자가 아니라 여행자니까.

나는 길을 잃은 사람이 아니라 그냥 걷는 사람이다.
모든 사람이 그렇다.

◎◎◎

우리는 조난자가 아니라 여행자다.
우리의 여행은 끝나지 않았다.

우주도 가는 시대에 호르몬 하나 조절을 못 해서야

햄버거 하나 못 먹어서 죽고 싶다는 생각이 든다면 미친 걸까? 일단 제정신은 아니겠지. 새벽 한 시에 맥도날드 앞에 우두커니 서서 죽어버릴까 잠시 고민했다. 24시간 영업하는 곳인데 내부가 어두침침했다. 이상하네, 왜 어둡지? 어리둥절해서 출입문으로 갔더니 종이가 달빛에 희끄무레하게 비쳤다.

'코로나19로 인한 단축 영업 안내드립니다….'

아니, 그럼 네이버 정보란에 공지라도 하던가. 나는 차 몰고 40분을 달려왔단 말이다!

다시 집으로 돌아가는데 울컥울컥 화가 났다. 맥도날드

는 왜 이렇게 먼 곳에 있는 거야. 서울이었으면 배달해 먹을 데가 스무 곳은 넘겠다. 먹을 복이라고는 지지리도 없지. 도대체 왜 나는 뭐만 먹으려고 하면 영업 시간 단축이고, 폐업이고, 가게 이전을 하고 난리야? 귀신이라도 붙었나? 이 정도면 굿이라도 해야 하는 거 아닌가? 온갖 생각을 하다가 열불이 뻗치는 나머지 가드레일에 차를 대차게 박고 콱 죽어버리고 싶었다. 진짜로.

그러나 나 하수연, 머리 뚜껑이 열릴 만큼 화가 나도 현실적으로 판단하는 인간이다. 혼자 가드레일 박아봤자 차만 찌그러질 테고, 터진 에어백에 얼굴을 갖다 박으면 아프기만 더럽게 아플 거다. 아, 통장도 함께 털털 털리겠지. 그럼 나는 얻는 거 하나 없이 차를 잃고, 얼굴을 잃고, 돈을 잃는다…. 그냥 조용히 집에 가자.

그날부터 아무것도 못 하고 자꾸 울었다. 처음부터 존재하지 않았던 것처럼 사라지고 싶은데 그걸 이겨내고 원고를 써야 했다. 이런 상태로 노트북 앞에 앉아봐야 좋은 글이 나올 리 없다. 그럼 나는 또 심란해져서 심장이 쿵쾅거리고 눈물이 줄줄 흘렀다.

사는 데 감정이 방해된다. 갈대처럼 이리저리 휘둘리지 않고 의연하게 잘 살고 싶은데 이놈의 감정이 널뛰는 통에 미치고 팔짝 뛸 지경이었다. 오랫동안 혼자 이겨내려고 노력했지만 어느 날 절실히 느꼈다. 이건 내 의지로 해결될 문제가 아니다. 그래, 정신과를 가자!

그렇게 머리털 나고 처음으로 정신과에 방문했다. 투병할 때도 안 가본 정신과를 지금 오다니, 도대체 나한테 무슨 일이 일어나고 있는 거람. 여러 검사와 상담을 진행한 뒤 선생님 앞에 앉았다. 우울증이겠거니 했는데 아니었다. 내가 완벽주의로 인한 강박과 불안 증세를 갖고 있다는 게 아닌가. 귀를 의심했다. 이게 우울증이 아니라고? 내가 완벽에 강박을 가지고 있다는 걸 비로소 알았다. 그래서 내 생각대로, 계획대로 일이 착착 진행되지 않으면 화가 나고 심장이 쿵쾅거렸던 거다.

완벽을 추구하다가 무력해진 인간이라니, 이렇게 모순될 수가. 고작 호르몬에 좌지우지되는 나를 정녕 호모 사피엔스로 분류해도 되는 걸까? 그냥 호르몬 사피엔스 아닐까? 감정은 시시각각 변하고 예측할 수 없다. 심해지면 약까지 먹어야 한다. 그래야 겨우 숨통을 틔우고 살 수 있으니 이렇게 성가신 게 또 있을까? 차라리 감정 없이 사는 게 삶의 질이 높아지는 길일지도 모른다.

설마 약까지 먹을까 싶었는데 정말 약을 받았다. 2주쯤 지나자 상태가 나아졌다. 한 달쯤 지났을 때는 더 좋아졌다. 기쁘면서도 조금 슬펐다. 일론 머스크가 화성으로 이주 계획을 세우고 있는 21세기에 나란 인간은 어째서 호르몬 때문에 반 년 이상을 날려 먹은 걸까. 우주에도 가는 시대에 호르몬 하나 직접 조절하지 못하다니 말이 되는 건가? 약 챙겨 먹는 것도 귀찮은데 그냥 임플라논 같은 이식형 피임 기구처럼 뇌에 뭐 하나 심으면 안 되나… 하고 생각하는데 뇌에 칩을 이식한 원숭이에 대한 기사를 봤다. 원숭이가 조이스틱 없이 뇌 활동만으로 '마인드 핑퐁' 게임을 한다는 것이다. 뭐 하는 회사인가 싶어 봤더니 일론 머스크가 설립했다. 놀랍지도 않다. 이 기업의 최종 목표는 인공지능과 인간의 뇌를 연동시키는 거라고 한다.

뇌와 기계의 연동이라…. 내 두개골에 구멍을 뚫는 걸 상상했다. 뇌에 칩만 심으면 나는 만능일 텐데. 신원 인식도 되고 삼성페이처럼 카드도 긁을 수 있고, 전 세계의 인터넷망에 접속도 할 수 있겠지. 나는 더 이상 길치가 아닐 테고 손목 아프게 일일이 타이핑을 하지 않아도 될 것이다. 뇌 속의 칩은 호르몬 분비를 억제해 감정을 무디게 만들 수 있으니 슬픔, 분노, 고통 같은 부정적인 감정을 거의 느끼지 못할 거다. 오… 좋아 보이는 것 같긴 한데… 그걸 인간이라 부를 수 있는 걸까? 만약 일론 머스크가 공짜로(!) 뇌에 칩을 심어준다고 한다면, 나는 과연 그에게 뇌를 순순히 내줄까?

분명 감정은 사는 데 자주 방해된다. 이건 부정할 수 없다. 게으름 피울 때가 아닌데 무기력한 나는 침대에서 기어나올 생각을 하지 않는다. 당장 일을 해야 하고 책도 읽어야 하는데 왠지 오늘은 그럴 기분이 아니다. 기분과 할 일은 별개라는 걸 알면서도 자꾸만 미적거리게 된다. 맞다. 감정은 사는 데 여러모로 방해된다. 하지만 머리에 칩을 심고 감정의 변화를 전혀 느끼지 못하게 된다면, 그걸 인간이라 할 수 있나. 그리고 그런 삶에는 어떤 의미가 있나. 나에게 눈과 귀, 코가 있다고 해서 보고 싶은 것만 보고, 듣고 싶은 것만 듣고, 맡고 싶은 냄새만 맡을 수 없는 없다. 감정도 마찬가지다. 부정적인 감정까지 껴안지 않는다면 긍정적인 감정도 느낄 수 없을 것이다.

지금도 한 달에 한 번씩 정신과를 찾지만, 내 상태와 감정을 받아들이려고 노력하고 있다. 종종 몰아치는 감정이 버거울 때도 있다. 그래도 의지와 노력, 약으로 그럭저럭 견뎌본다. 부정적인 감정도 마땅히 느껴야 한다는 걸, 부정마저 인정해야만 긍정을 누릴 수 있다는 걸 매일 떠올린다. 감정에 파동이 없다면 나는 살아있되 살아있는 게 아니다. 인간만이

몰아치는 감정에 침수된다.

지독하게 우울한 날에는 이 사실만을 껴안고 가라앉는다. 나는 살아있는 사람이니까, 감정이 무거울 수도 있는 거야.

그래서 가라앉는 거야.

가라앉으면, 곧 떠오를 거야.

친구가 대뜸 쌍꺼풀 수술을 하겠다고 말했다. 주삿바늘도 무서워하는 애가 갑자기 웬 성형인가 싶다가 뭔가 이상해서 물었다. 아니 너는….

"… 쌍꺼풀 있잖아?"

"더 만들겠다는 게 아니라 대칭을 맞춘다고. 잘 봐, 짝눈이잖아."

알고 지낸 세월이 10년이 넘는데 친구가 짝눈인 건 방금 알았다. 짝눈이 왜. 나도 짝눈일 뿐 아니라 지나가는 사람들 백이면 백 전부 비대칭이다. 좌우대칭이 완벽한 인간이 어디 있다고.

이야기를 들어보니 직장 선배가 원흉이었다. 선배가 친구를 빤히 쳐다보더니 "넌 다 괜찮은데 짝눈만 교정하면 훨씬 예쁘겠다!"고 했단다. 그 후부터 친구는 거울을 보는 게 스트레스였다. 괜히 짝눈이 더 심해 보이고, 얼굴이 피카소의 그림처럼 뒤틀려 보였다. 신체 인지 왜곡 현상이다. 친구는 유튜브에서 '짝눈 커버 메이크업 튜토리얼'을 보며 맹연습을 했지만 화장을 지우는 순간 짝눈은 더 심해 보였다. 그렇게 수술을 결심했다.

이 모든 게 개뺵다구 같은 오지랖에서 시작됐다는 걸 알았을 때 나는 그만 뒷목을 잡았다. 직장 선배라는 사람이 못마땅했고 여태껏 자신을 미워했을 친구가 안타까웠다. 그런데 더 아찔한 건 타인의 말 한마디에 콤플렉스가 생기고, 나아가 극복하기 위해 성형까지 감행하는 친구의 마음을 십분 이해하고 있는 내 모습이었다.

칼 융은 "인간이 콤플렉스를 가지는 게 아니라 콤플렉스가 인간을 가진다"라고 했다. 나 역시 그런 시절이 있었다. 내 몸을 보기 싫어서 샤워할 때 눈을 꼭 감고 씻었다. 펑퍼짐한 허벅지를 손날로 슥슥 긁으며 이 정도만 잘라내면 좋겠다고 생각했다. 더 예쁘고 더 마르고 싶었던 그때는 아빠를 닮아 골격이 크고 단단한 내 몸이 싫었다. 얼굴과 몸을 요모조모

뜯어서 다시 만들고 싶은 마음이 간절했다. 나는 나를 너무 사랑해서 내가 아니고 싶었다.

불행인지 다행인지 투병을 하면서 몸에 대한 인식 체계가 완전히 뒤집혔다. 무균실에서 한 달 동안 누워 지냈으면서도 내 발로 뛰어나올 수 있었던 건, 어릴 때 산으로 바다로 사방팔방 뛰어다니며 길러놓은 근육과 체력 덕분이었다. 그리고 그 밑바탕에는 내가 그렇게 싫어했던 골격이 든든하게 자리 잡고 있었다. 이 사실을 깨닫는 순간 나는 비로소 콤플렉스에서 해방되었다. 중요한 건 내가 겉으로 어떻게 보이는지가 아니었다. 머리부터 발끝까지 구석구석, 오장육부까지 제 역할을 잘 하는지가 중요한 거였다.

애초에 사람의 몸은 조금의 흠도 없이 예쁘고 아름다울 필요가 없다는 걸 어째서 아무도 알려주지 않았을까? 세상 어느 누구도 보기 좋은 물건으로 존재하기 위해 태어난 게 아닌데. 우리는 초콜릿처럼 똑같은 몰드에서 태어나거나 공장에서 생산되지 않는다. 그래서 모든 인간이 한정된 미적 기준에 찍어낸 듯 똑같을 수 없다. 획일화될 수 없다는 말이다.

어쩌면 누구나 다 알고 있는 사실일 수도 있다. 하지만 어째 조금 진부하고, 심지어 와닿지도 않는다. 머리로는 알면서 실제로는 콤플렉스에서 벗어나지 못하는 이유가 무엇일까.

내적이든 외적이든—지금은 주로 외적인 것에 대해서 말하고 있지만— 콤플렉스라고 느끼는 부분은 내가 만들어냈을 수도 있고, 타고났을 수도 있고, 주변 환경이 그렇게 만든 걸 수도 있다. 평가를 일삼는 타인이 주변에 널려 있다면 콤플렉스는 더욱 쉽게 생긴다. 하지만 세상은 콤플렉스의 책임을 오롯이 개인에게 떠넘긴다. 그러고는 딱 두 개뿐인 해결책을 제안한다. 살과 뼈를 편집하거나 자존감을 높이라고 말이다. 이 제안이 우리의 눈을 가린다. 하지만 정말로 부숴야 하는 것은 제각기 다를 수밖에 없는 개인에게 동일한 잣대를 들이대 부위별로 평가하려는 사회의 시선이다.

콤플렉스를 둘러싼 여러 맥락은 고려하지 않고 무조건 자존감을 높여라, 성형을 해라, 그럼 다 해결될 것이다, 하고 종용하는 게 무슨 소용일까? 인류학자 김현경이 말했듯 한 사람이 자존감을 유지하려면 실제로 자신의 존엄을 지킬 수단이 있어야 한다. 스스로 그 수단을 만들기 위해 아무리 노력해도 사회의 건강한 인식과 문화가 바탕이 되지 않는다면 아무런 소용이 없다.

공허한 자기 사랑은 쉽게 사라진다. 내가 어떤 모습이든 나는 나를 사랑한다고 수천 번을 말해도 누군가의 말 한마디, 눈길 한 번, 표정 하나에 무너지게 되지 않나. 콤플렉스의 원인과 해결 전부를 '나'라는 개인이 떠안아서는 안 된다. 그러면 결국 스스로 콤플렉스를 더 많이, 더 크게 만들어낼 수밖에 없다. 줏대라고는 코딱지만큼도 없는 세상에 맞추려고 나를 욱여넣는 대신 그 판에 난입해서 깽판을 쳐야 한다. 이런 정형화된 틀 따위는 필요 없다고 부수는 게 우선이다. 구조에 질문을 던지지 않을 때, 반문을 제기하지 않을 때, 나는 나를 혐오하다가 끝내 파괴하고 만다.

누군가는 자기 사랑을 실천하거나 성형을 통해 콤플렉스에서 벗어나기도 한다. 그런 방법이 소용없다고 단정할 수 없다. 하지만 그 무엇으로도 콤플렉스에서 벗어날 수가 없다면 스스로 물어야 한다. 나는 나를 어떤 관점으로 보고 있는가. 나는 장식인가, 사람인가. 남들에게 보이고 싶은 모습과 있는 그대로의 내 모습을 비교했던 날, 스스로 깎아내린 날들을 떠올리며 묻는다. 나는 과연 스스로를 제대로 불러주고 있는가. 겉모습부터 성격까지 크고 작은 요소에 '이게 내 콤플렉스야'라며 낙인을 찍고 살아오진 않았나.

억지로 나를 사랑하려 노력하고 있다면 잠시 멈춰보자. 그동안 애쓰느라 고생 많았다. 이제는 자기 사랑과 자존감을 갈구하는 대신 내가 그걸 왜 얻으려 애썼는지 한번 생각해 보자. 누구를 위해, 무엇을 위해 그것을 그토록 부르짖었는지를. 나는 우리가 나누는 담론이 더욱 확장되고 팽창하길 바란다. 콤플렉스에 몰두하는 것 말고도 열정과 힘을 쏟을 만한 더 좋은 주제가 많다는 걸 우리는 알고 있다. 건강을 위해 운동을 하거나 경력을 위해 노력할 수도 있다. 혹은 더 나은 사회를 위해 힘을 보탤 수도 있다. 삶에 깊이를 더할 수 있는 일은 무궁무진하다.

내 몸과 성격의 흠을 찾아내고 혐오하는 데 힘과 정신을 쏟기엔 내가 지니고 있는 것들이 너무 아깝다. 자신에 대한 사랑과 혐오가 얽혔다가 풀렸다가, 찢어졌다가 다시 합쳐지는 혼란 속에서 새로운 관점이 태어나기를 바란다. 그래서 더욱 확장된 나를 만날 수 있기를, 그 안에서 진심으로 자신을 사랑할 수 있기를 바란다.

나는 더 이상 옷에 내 몸을 맞추려 들지 않는다. 이게 아동복인지, 강아지 옷인지, 성인 여성의 옷인지 모를 작고 짧은 데다가 제대로 된 주머니 하나 없는 옷은 싫다. 튼살과 흉터, 피부색 등 내 몸에서 아쉽고 바꾸고 싶었던 부분도 이제 내 관심사가 아니다. 나는 고작 그런 것들에 가치가 매겨지고 평가되는 장식품이 아니라는 걸, 이제는 안다.

개썅마이웨이로 살아갈 용기

한 대학교에서 강연을 한 날이었다. 강연이 끝나면 질의응답 시간을 갖는데 질문은 보통 대여섯 개 정도로 끝난다. 그런데 그날따라 학생들이 여기저기서 손을 번쩍번쩍 들었다. 심지어 할 말이 굉장히 많은 표정들이라 반가우면서도 당황스러웠다. 오늘 뭐지. 왜 이렇게 질문이 많지?

몇 번 질문을 받아보니 이유를 알 것 같았다. 아마 내가 중학교를 자퇴했다는 부분에서 학생들의 마음이 세차게 뛰었으리라. 이들의 질문은 조금씩 다른 듯하면서도 본질적으로 비슷했다. 살면서 남의 말에 흔들릴 때, 내 선택이 맞는지 아닌지 불안할 때, 누군가가 내 선택에 자꾸 말을 얹을 때는 어떻게 해야 되냐는 것이다. '나'와 '타인' 사이에서 갈등하던 학생들의 고민에 불이 붙었다. 빗발치는 질문에 조금 당황했지만, 태연한 척 말문을 열었다.

"여러분, 철학자 칸트 아시죠?"

칸트는 자기주장을 하지 못하고 타인에게 의존하는 이들을 '미성년 상태'라고 말했다. 타인의 의견 없이 자신의 결정대로 움직이지 못하는 이유는 지성이 부족해서가 아니다. 결단력과 용기가 없어서다. 그리고 그건 모두 본인 책임이다. 참고로 내가 아니라 칸트가 한 말이다. 하여튼 존철살인에 도가 튼 양반 아니랄까 봐 말이 매섭다.

어릴 때는 전부 내 마음대로 하고 싶었는데 막상 어른이 되니 선택하는 게 쉽지 않다. 매 순간이 선택이고 그 결과까지 감당할 생각에 부담스럽다. 게다가 사회생활을 할수록 자기주장을 내세우기보다 눈치 보는 법을 터득한다. 수업이 끝날 때쯤 선생님이나 교수님이 질문 있냐고 물어보면 대부분 조용하지 않던가. 누구 한 명이라도 손을 들면 주변에서 한숨과 원성이 들려오곤 했다. 직장이라고 다르지 않다. 더 좋은 아이디어 있냐고 묻길래 말했는데 나댄다고 미움을 받다가 결국 회사를 나오게 되었다는 이야기는 식상할 정도다. 다수에 맞선 소수들이 깨지는 이야기는 심심찮게 보고 들을 수 있다. 그렇게 침묵이 길어지고, 타인의 눈치를 살피는 기술만 늘어난다.

주체적으로 선택하기보다 주변의 간섭을 받아들이는 일이 지속되면 내가 정말 이걸 원해서 선택하는 건지, 아니면 타인의 말에 휩쓸리는 건지 자신도 분간하기 어려워진다. 심해지면 중요한 일은커녕 점심으로 뭘 먹을지 스스로 정하는 것조차 힘겹다. 스스로 선택하는 것을 어려워하는 이들이 늘어나는 이유가 여기에 있다.

강연장에서 만난 학생들처럼 많은 이들이 '내 마음'과 '타인의 의견' 사이에서 갈등한다. 마지못해 타인에게 맞추거나 의존하면 내 마음은 어쩔 수 없이 뒤로 물러나게 된다. 그러나 물러난 마음은 결코 사그라들지 않는다. 타의로 살아가는 삶은 반드시 붕괴한다. 시간이 아무리 많이 흘러도 스스로를 충분히 이해시키지 못했기 때문이다. 살면서 남의 말에 휩쓸린 순간이 얼마나 많았을까. 크고 작은 결정에 있어 사회의 시선과 타인의 입김이 끼어들지 않고, 오롯이 내 의지로 무언가를 선택한 순간이 몇 번이나 있을까?

내가 무엇을 좋아하고 싫어하는지, 어디에 재능이 있는지 알기 위해서 필요한 건, 타인으로부터 간접 경험한 정보가 아닌 내가 직접 경험한 실제 사례다. 주관은 경험의 주체인 '나 자신'이 직접 겪어야만 생긴다. 타인의 의견은 말 그대로 그 사람만의 의견일 뿐이다. 내 앞길을 막아서는 이들을 뿌리치기 위해서는 주체성을 가지고 다양한 시도를 해야 한다. 에머슨의 말대로 온전한 어른이 되려면 순응을 거부할 줄 알아야 한다. 결국 '개썅마이웨이'로 살고 싶은 우리에게 가장 필요한 건, 내가 원하는 게 무엇인지 냉정히 파악하고 선택할 수 있는 결단력과 행동할 수 있는 용기다.

지금 내 결단력과 용기가 바닥이라면 칸트의 말을 떠올리자. 주변에서 툭툭 내뱉는 말에 시도도 해보지 않고 포기했던 적이 있다면, 너무 쉽게 내 마음을 억누르거나 제쳐둔 적이 있다면, 점심 식사를 고르는 일처럼 아주 작은 것부터 스스로 결정해 보는 것이다. 결단력은 선택을 거듭할수록 단단해지고, 용기는 선택의 결과마저 받아들이겠다는 각오를 할수록 커지니 말이다.

어떤 상황에서도 스스로 생각하고 선택하는 결단력을 발휘하는 것, 그 선택이 불러온 파장까지 받아들이는 용기를 갖추는 것이 곧 '개썅마이웨이'로 살 수 있는 길이다.

단단하기보다 말랑한 사람이 될래

한창 액체 괴물이 유행할 때였다. 그런 장난감에 환장하는 나, 당연히 그 유행에 탑승했다. 직접 만들어 가지고 놀다가 재능과 재료에 한계를 느끼고 얌전히 지갑을 열었다. 어림잡아도 액체 괴물에 수십만 원은 쓴 것 같다. 반영구는커녕 2주도 가지고 놀기 힘든 장난감에 빠져든 건, 가지고 노는 그 순간만큼은 무념무상의 상태가 될 수 있었기 때문이다. 잡념이 나를 잡아먹을 것 같을 때는 조용히 액체 괴물을 꺼내서 첩, 첩, 소리를 내며 한참 가지고 놀았다. 나에겐 일종의 명상이었다. 심각한 표정으로 액체 괴물을 가지고 노는 나를 보고 부모님이 물었다.

"우리 딸은… 참 신기해. 알다가도 모르겠단 말이지…. (한참 바라보다가) 재밌어?"

"재밌는 건 둘째치고 아무 생각 안 들어서 좋아."

그 뒤로 부모님은 내가 액체 괴물을 만지고 있을 때 말을 걸지 않았다. 명상을 방해하지 않으려는 배려인지 이해하기를 포기한 건지는 잘 모르겠다만, 어쨌든 나는 한참 동안 액체 괴물에 빠져 살았다. 손가락 마디마디가 다 아플 지경이었다.

그러던 어느 날, 책장 한 칸을 가득 메운 액체 괴물을 보다가 문득 생각했다. 아, 쟤들처럼 살고 싶다. 아무리 찢고, 접고, 떨어뜨리고, 늘이고, 짓뭉개도 금방 처음 그 모습을 찾는 쟤들이야말로 회복탄력성의 현신 아닌가. 어떤 압력을 받아도 원래 형태로 되돌아갈 수 있는 능력을, 액체 괴물은 가지고 있는 것이다.

나는 늘 단단한 사람이고 싶었다. 외부의 어떤 공격과 회유에도 꿈쩍하지 않고, 그 무엇도 상처 하나 낼 수 없을 만큼 견고해지고 싶었다. 그러면 어떤 것도 나를 무너뜨릴 수 없을 거라 믿었다. 그게 어른스러운 태도라 여겼고 성숙한 것이라 생각했다. 내면이 단단한 어른이란 얼마나 멋진가!

그래서 마음이 무너질 것 같을 때는 나를 다그쳤다. 고작 이런 일에 무너질 수 없고, 그래서도 안 된다고. 이보다 더한 일도 겪었으면서 작은 일에 형편없이 허물어지는 건 스스로 용납할 수 없었다.

그러나 빈틈없이 단단한 것은 언젠가 무너진다는 걸 그때는 왜 몰랐을까. 견고했던 만큼 잔해는 무겁게 나를 짓눌렀다. 사람은 어쩌면 실재하지 않는 것에도 눌려 죽을 수 있지 않을까 싶었다.

버티는 것보다 강한 건 무너져도 몇 번이고 다시 일어서는 것이다. 큰 충격에 어쩔 수 없이 산산조각 나는 돌덩이보다 암만 밟고 구기고 비틀고 쥐어짜도 곧 본래 모습을 되찾는 액체 괴물이 더 강한 셈이다.

이제는 단단한 사람이 아니라 말랑한 사람이고 싶다. 삶의 무언가가 무너지면, 나도 덩달아 무너질 것이다. 잔해를 가슴 위에 얹은 채 마음껏 슬퍼하고 엉망진창으로 지내다가 또 일어날 거다. 깨지고 부서지는 데서 그치고 싶지 않다. 짓이겨지고, 눌리고, 찌부러지더라도 다시 회복하는 유연하고 말랑한 사람이 되고 싶다.

완벽주의자의 복싱

어릴 때부터 복싱을 배우고 싶었다. 만에 하나 누가 내게 폭력을 행사한다면 완전히 제압하지는 못하더라도 한 방 먹여주고 싶었기 때문이다. 그래서 집 근처에 복싱장이 생겼다는 걸 알았을 때 한달음에 달려가 등록했다. 관장님이 왜 복싱을 배우고 싶은지 물었다.

"누가 저를 건드리면 한 대만, 진짜 딱 한 대만 제대로 치고 싶어서요."

내 대답이 마음에 들었는지 관장님이 선수용 줄넘기와 텀블러까지 주셨다. 그렇게 복싱을 시작했다. 트레이닝복 차림으로 바닥에 털썩 앉아 핸드랩을 둘둘 말고 있으면 괜히 기분이 좋아졌다. 오, 나 좀 멋진데? 으쓱으쓱.

카페에서 글을 쓰다가 답답해지면 복싱장으로 가서 샌드백을 내 머리인 양 쥐어팼다. 그러면 글감이 떨어져 나올지도 몰랐다. 아니면 스트레스가 날아가던지.

코치님이 잡아주는 복싱 미트만 치던 어느 날, 관장님이 나를 불렀다. 헉헉대며 가보니 나랑 비슷한 시기에 등록한 회원이 헉헉대며 서있었다. 자기도 왜 여기 있는지 모르겠다는 표정이었다. 관장님은 생글생글 웃으면서 말했다.

"이제 둘이서 파트너 복싱 해보자!"

파트너 복싱! 스파링도 아니고 메소드 복싱도 아닌, 수준이 비슷한 상대와 약속된 부분만 치는 그걸 이제 내가 하게 된 거다. 드디어 나도 사람을 때려보는구나! 두근대며 글러브를 고쳐 꼈다. 라운드 시작과 동시에 글러브 터치. 그리고 이어지는 상대의 현란한 스텝과 주먹. 나는 겨우 가드만 하고 차마 상대를 때릴 수 없었다. 생각과 달리 좀처럼 팔이 나가지 않았다. 아니, 나 왜 이래? 미트랑 샌드백은 그렇게 후드려 팼으면서 왜 손이 안 나가는 거야?

요지부동인 내 손에 배신감을 느꼈다. 내가 스텝을 제대로 뛰고 있는 건지, 주먹을 이런 각도로 이렇게 날려도 되는 건지 별별 생각을 다 하느라 머릿속이 복잡했다. 상대는 신나서 나를 난타 공연하듯 두들겼다. 다행히 맞는 건 생각보다 할 만했다. 학교, 학원, 태권도장에서 맞고 자란 맷집 덕분인가.

3분 동안 약속된 부분만 치는 것도 주먹이 안 나가면 나중에 스파링은 고사하고 메소드 복싱도 제대로 못할 텐데. 이래서야 실제로 무슨 일이 생기면 주먹 한번 제대로 질러볼 수나 있을까? 인생은 실전인데! 누가 날 때리면 그냥 가만히 맞고 합의금이나 받아야겠다… 고 생각하고 있는데 코치님이 외쳤다.

"수연 씨! 일단 잽을 날려야 돼요! 안 닿아도 뻗어야 돼. 그게 중요해요!"

—띵!

1라운드 종료.

'안 닿아도 뻗어야 된다'는 말이 어퍼컷처럼 들어왔다. 나는 스텝과 주먹을 배운 대로 제대로 해야 한다는 생각에 주먹 한 번 질러보지 못했다. 내가 이놈의 완벽주의 때문에 병원도 다니고, 약도 먹고, 답답할 때면 샌드백이 터지도록 치고 가는데. 정작 주먹을 날리지 못하는 것도 완벽주의 때문이라니! 이 몹쓸 완벽주의가 도대체 어디까지 나를 잠식했나 싶어 짜증이 났다.

나한테는 제대로 된 자세나 제대로 된 펀치가 중요한 게 아니었다. 재거나 따지지 않고 일단 덤벼보는 것, 뻣뻣하게 굳은 팔의 긴장을 풀고 일단 앞으로 지르고 보는 태도가 필요했다. 내가 복싱으로 인생을 다 배운다.

그 후부터 파트너 복싱을 할 때면 상대를 움직이는 샌드백으로 생각했다. 잘 풀리지 않는 글 때문에 받은 스트레스를 원동력 삼아 상대의 빈틈을 이리저리 파고들었다. 그렇게 서로 열심히 쥐어박고 나면 속이 후련했다. 재수가 좋으면 집으로 가는 길에 글을 풀어낼 빈틈도 찾아내곤 했다.

아직 완벽주의를 다 버리지 못한 나는 코치님의 말을 자주 떠올린다. 일단 질러야 한다고. 결과에 도달하지 못하더라도 뻗는 게 중요하다고. 여태 존재하지도 않는 완벽을 위해 그럭저럭 괜찮은 것들을 얼마나 많이 버렸을까?

완벽한 날씨, 완벽한 기분, 완벽한 타이밍, 완벽한 준비, 완벽한 결과물. 모든 조건이 완벽해지면 그때 비로소 무언가를 시작하겠다는 다짐은 준비가 아니라 유예였다.

완벽은 허상이다. 결코 도달할 수 없는 허상.

스텝을 어떻게 뛸지 생각하지 않을 때,
주먹의 각도를 고민하지 않을 때
나는 첫 번째 잽을 날릴 수 있었다.

눈을 크게 뜨고 그냥 한번 질러보는 것.
이게 가장 중요한 거였다.

열정 만수르와의 만남

처음 본 사람이 내게 꿈이 뭐냐고 물었다. 꿈이라니, 보통 초면에 이런 걸 묻나. 낭만적인 사람인가 보다. 오랜만에 듣는 뜨뜻미지근한 단어에 잠시 말을 골랐다.

"음…. 잘 놀고, 잘 먹고, 잘 자고, 잘 싸고, 자주 웃고, 즐겁게 사는 거요."

매일 그렇게 사는 건 바라지도 않는다. 대체로 그런 삶을 산다면 그야말로 멋진 인생이 아닌가. 내 꿈 너무나 원대하다고 생각하고 있는데 상대가 쿡쿡 웃으며 말했다.

"그런 거 말고, 좀 더 뭔가… 도전적인 건 없어요? 베스트셀러 작가가 되고 싶다거나."

"제 책 베스트셀러였는데요?"

—정적.

"아, 그랬구나…. 그래서 꿈이 소박한 거예요?"

"자, 봐요. 잘 놀고 잘 싸는 건 몸이 건강해야 할 수 있는 거고, 잘 먹고 잘 자는 건 정신이 건강해야 할 수 있는 거잖아요. 자주 웃는 것도 어디 쉽나요."

그는 "아… 사람마다 생각이 다르니까요, 뭐…"라며 말끝을 흐렸다. 흐릿하게 마무리 짓는 말투에서 내 원대한 꿈을 존중하지 않고 있다는 걸 읽었다. 갑자기 흥미로워졌다. 네 꿈은 뭐길래 '소박한 행복을 만끽하는 삶'을 '그런 거'라고 말할 수 있는지 듣고 싶어진 것이다.

그럼 당신의 꿈은 무엇이냐 물었더니 자신의 인생 계획을 늘어놓는다. 몇 살까지만 회사 다니다가 어떤 사업을 할 것이며, 그걸 확장해서 연 매출이 얼마가 되면 어디에 어떤 집을 사서 어쩌고, 주식과 코인을 저쩌고…. 몰아치는 프레젠테이션에 정신이 혼미해진 건 물론이고 할 말도 없었다. 혹시 관짝을 무슨 나무로 할지도 정했느냐고 묻고 싶을 만큼 빼곡한 인생 계획표에 내가 무슨 말을 한단 말인가.

"오… 엄청나네요. 음, 파이팅!"

내 영혼 없는 응원에 그는 오직 열정만이 삶의 질을 높이고 윤택하게 살 수 있게 해준다고 힘주어 말했다. 저거 나 들으라고 하는 소리겠지. 그 뜨거운 열정에 옆에 있는 내가 다 녹아 흐르게 생겼다.

그가 삶을 대하는 태도는 불 같았고, 나는 얼음 같았다. 극명하게 대비되는 두 사람. 나는 이 양극단이 어쩐지 재밌다고 느꼈다. 누군가는 뜨거운 열정으로 살아가고, 누군가는 차가운 끈기로 살아간다. 태도의 온도는 다르지만 어쨌든 우리 둘 다 살아가고 있다는 점 또한 재밌지 않은가?

처음에는 무례하다 싶었던 그가 조금 다르게 보였다. 저렇게 뜨거운 열정으로 살면 어떤 기분일까? 해야 할 일이 많아서 바쁜 게 즐거울까? 일단 지치면 드러눕고 보는 나로서는 상상도 못 하겠다.

인간의 기대수명이 130세로 늘어날 수도 있다는 기사를 읽었을 때, 불현듯 그 사람이 떠올랐다. 혹시 이 기사를 봤을까? 그럼 그는 30년만큼의 인생 계획을 더 짰을까? 그리고 이따금 묻고 싶어진다. 지금 그때 그 계획표대로 살고 있느냐고. 그렇게 살아가도록 삶이 당신을 가만히 내버려 두느냐고.

산티아고 순례길을 떠난 밤톨이

산티아고 순례길을 걷겠다며 훌쩍 떠난 밤톨이를 기억한다. 그 비장한 마음도 모르고 제주도 올레길은 어떻냐고 묻자 밤톨이는 사뭇 진지하게 말했다.

"나는… 산티아고에 가서 나를 찾을 거야."

어… 그래…. 청춘 드라마 같은 말을 남기고 한국을 떠난 밤톨이를 다시 만난 건 몇 년 전이었다.

"다녀오니까 어때?"

"생각보다 더 힘들긴 했는데 괜찮았어. 산티아고여서가 아니라 그냥 새로운 경험을 했다는 것 자체가 좋더라."

어쩐지 김이 샜다. 나는 밤톨이가 집 떠난 자아를 검거해서 금의환향할 거라 기대했다. 그리고 호들갑을 떨면서 너도 꼭 산티아고에 다녀오라고 침을 튀기며 권유할 줄 알았다. 그런데 예상과 달리 밤톨이는 그저 은은하게 웃으며 진짜 힘들긴 했는데 나름대로 재밌었다고 했다. 재미는 됐고, 그래서, 네 자아는?

자아 찾기 여행담은 집 나가면 개고생이라는 말로 끝났다. 나는 낙담했다. 다들 여행 가서 진정한 나를 찾는다던데, 이놈을 어디서 찾아야 하지. 커피 위에 올라간 휘핑크림을 야무지게 먹는 밤톨이를 보면서 생각했다. 일단 산티아고는 아닌 것 같아. 거긴 가지 말아야지.

나는 단 한 개의 '진짜 나'가 어딘가에 있을 거라 믿었다. 그것만 발견하면 완전한 인간이 될 수 있을 거라며 부단히 찾아다녔다. 그건 환상이었다. 어떤 특별한 경험을 하고 나면 내 안에 숨어 있던 '진짜 나'의 모습이 드러날 거라는 환상. 한계에 부딪힌 만화 주인공들이 '크윽, 이제 더 이상은…!' 하고 포기하려는 순간 비로소 각성하는 그런 거. 미안하다. 만화를 너무 많이 봤다. 그러나 한참 후에야 깨달은 건, '진정한 나' 같은 건 없다는 사실이었다.

모든 사람은 자기 자신에게 가장 먼 존재라는 니체의 말이 옳다. 나도 내가 왜 이러는지 모르겠다 싶은 순간이 한두 번인가. 자아가 수없이 확장되었다가 축소되었다가 분열되었다가 다시 조합되기를 반복하는 나는, 스스로를 잘 알고 있다고 단언할 수 있을까. 나는 내가 분열되어 있다는 사실조차 모른다.

그렇다면 이런 질문을 던질 수 있다. 나는 왜 나를 모르는가? 몸과 마음을 운용하는 주체면서도 어째서 나를 알지 못하는가? 나는 나로 태어났고, 나 자신으로만 살 수 있고, 여태껏 나로서 살아왔는데 왜 나를 제대로 알지 못하는 걸까? 여기에 니체는 답한다. 스스로 자신을 탐구해 본 적이 한 번도 없었기 때문이라고.

니체의 말에 고개를 주억였다. 살아가며 맞닥뜨리는 상황에만 몰두하느라 정작 그 상황 속에서 고군분투하는 나는 들여다보지 못했다. 내가 나를 탐구해 본 적이 언제였더라. 생각해 보니 투병 기간 외에는 없는 것 같았다. 이런 정신머리로 용케 살아왔구나 싶었다.

나는 완치 판정을 받고 나서 정체성을 박탈당했다고 느꼈다. 여태까지 '나=환자'라고 굳건히 정체성을 다져왔는데 '이제 환자가 아니면 나는 뭐지?'라고 생각했다. 이상하지 않나. 나는 나일 뿐이고 그동안 단지 아픈 상태였을 뿐인데 환자라는 정체성이 따로 있는 것처럼 규정지은 거다. 그러니 나와 주변 상황이 변하면 혼란스러울 수밖에 없던 것이다.

여태껏 나의 여러 모습 중에 하나만 택해서 살아야 한다고 착각하고 있었다. 그런데 그게 아니었다. 내 안의 A, B, C 중에 하나를 고르는 게 아니라 A로도 살아보고 B로도, C로도 살아보다가 다시 A로 살 수도 있는 거였다. 그뿐만 아니라 동시에 A, B, C로도 살 수 있었다. 내 가능성을 탐구하고 여러 모습으로 사는 것. 그게 나답게 사는 거였다.

사람은 시간과 경험에 따라 얼마든지 변할 수 있는 잠재성을 가진 존재라는 것을 몰랐다. 우리에게는 잠재성이 있다. 아직 현실로 끌어올리지 않은 수많은 개성이 내 안에 있다. 우리는 그걸 장기짝으로 쓰면서 얼마든지 새로운 판을 짤 수 있다. 나는 내가 새로운 상황에 던져졌을 때 얼마나 적응력을 발휘할지, 나도 몰랐던 내 재능이 언제, 어디서, 어떤 방식으로 튀어나올지 아직 알 수 없다.

그렇다면 내 안에서 아직 꺼내지 않은 나의 장기짝, 그러니까 또 다른 나의 개성을 새로운 자리에 두기 위해서는 어떻게 해야 할까. 나를 새로운 상황에 내던져야 한다. 안전지대에서 벗어나겠다는 다짐, 스스로 만든 한계를 뛰어넘으려는 시도, 새로운 상황에 나를 던지겠다는 결심이야말로 새로운 나를 만날 수 있는 길이다. 지금과 다른 모습으로, 다른 세상을 살기 위해서 지금의 나를 버려야 한다. 다시 생겨날 수 있기 위해서는 소멸하기를 원해야 한다는 니체의 말처럼.

새로운 위치와 공간에 나를 배치하겠다는 의지만 있으면 나는 무엇이든 될 수 있고, 어디로든 갈 수 있고, 어떤 모습으로든 살아갈 수 있다. 변화무쌍한 내가 되는 것이다. 어떤 마주침이 생길지 누가 알 수 있을까? 내 안의 무수한 개성에 한계를 지우지 않으면, 그래서 내 개성들이 장기판 위에서 날뛸 수 있게 둔다면 무슨 일이 일어날지 궁금하지 않은가?

만약 그 배치의 결말이 비극이라면 나는 또 다른 장기짝을 꺼내 새로운 곳에 놓아둘 것이다. '작가 하수연'이라는 장기짝을 더 이상 쓸 수 없는 상황이 온다면 다른 장기짝을 꺼낼 거다. 어떤 것이 손에 잡힐지는 아직 모른다. 그때가 오면 내 안의 무수한 '나' 중에서 하나쯤은 "제가 한번 해보겠습니다"라며 나설 거라 믿는다.

'진정한 나'는 없다는 걸 알면 그때부터 삶이 조금 더 즐거워진다. 가능성이 열리는 것이다. 단지 그 가능성을 아는 것만으로도, 내 정체성은 단 한두 가지로 닫힌 게 아니라 무수히 열린 문이라는 사실을 인식하는 것만으로도 삶은 무한한 가능성을 가진다.

나는 아직 나를 모른다. 내 안에 정확히 몇 개의 개성이 존재하는지도, 그 개성이 새로운 위치에 놓일 때 어떤 모습을 드러낼지도 모른다. 다만 이것만큼은 확신한다. 내 모습은 한두 가지가 아니라고. 그러니 내 손으로 한계를 만드는 대신에 새로운 상황에 나를 적극적으로 내던지며 오만 잡다한 일을 경험해 볼 것이다. 현실의 수많은 제약에 잠자코 순응하지 않을 것이며, 가끔 무력해지더라도 언젠가는 다시 일어날 것이다.

나는 사는 동안 내 안에 잠재해 있는 수천, 수만 개의 개성을 다 만나보고 싶다. 하나의 모습으로 살기엔 내 안에 잠재된 개성이 너무나 아깝다. 새로운 시도를 망설이는 이들이 있다면, 과연 내가 잘 할 수 있을지 고민이 된다면, 일단 나를 던져보자. 어떤 가능성이 열릴지 누가 아는가.

밤톨이의 은은한 웃음을 이제야 이해한다. 그는 자신의 새로운 모습을 산티아고 곳곳에서 만난 것이다. 낯선 곳에서 낯선 생활을 하고, 낯선 이들과 이야기하고 혼자 묵묵히 걸으면서 자기 내면을 여행하고 온 거다.

다들 그렇게 말하길래 여행을 떠나면 '진정한 나'를 찾을 수 있으리라 오해하고 있었다. 사실은 그게 아니었는데. 여행의 목적은 '진정한 나'를 찾는 게 아니었다. 새로운 환경을 계속 마주하면서 나도 몰랐던 내 수많은 개성을 만나는 것,

그게 바로 여행이었다.

내 여행은 태어난 순간부터 시작된 거였다.

2

믿을 수 있는 사람에게만 마음을 줄 순 없을까

2

믿을 수 있는 사람에게만 마음을 줄 순 없을까

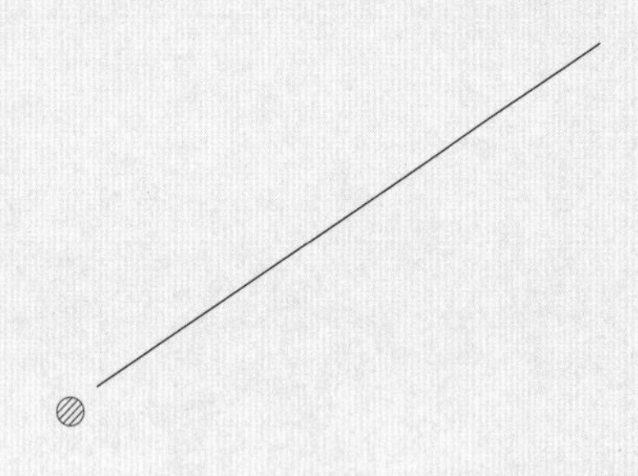

"다음에 올 때는 좋은 소식 들려드릴게요."

"좋은 소식 아니어도 돼. 그냥 와도 돼. 또 와요."

집으로 가는 내내 바나나 우유를 매만지며 생각했다. 오늘 밤을 견딜 용기는 저 다정한 말 한마디면 충분할 거라고. 바나나 우유만큼의 다정함이라면 나는 오늘 밤도 그럭저럭 버틸 수 있다고.

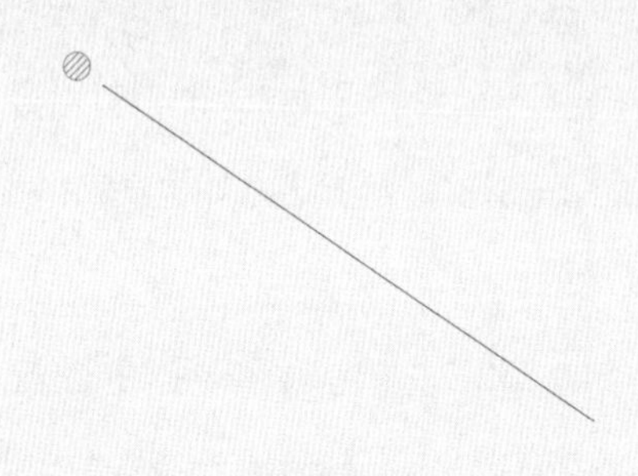

"재처럼 살다간 인생 망한다"에서 "재"를 담당했습니다

오래전, 미술심리치료사 자격증 과정을 수강할 때였다. 수강생은 다양한 이론과 기법을 배우며 직접 그림을 그린 다음, 서로의 그림을 보고 이야기를 나눈다. 3주쯤 지났을까, 그림을 그리고 있는 내 옆으로 선생님이 다가와 이렇게 말했다.

"몇 주 동안 봐왔는데, 수연 씨 그림에는 늘 수연 씨밖에 없네요. 타인을 자신 안으로 들이려 하지 않는 것 같아요. 사람은 본래 혼자 살 수 없는 동물이잖아요. 조금 더 마음을 열어보면 어떨까요?"

선생님은 싱긋 웃으며 어깨를 토닥이고 지나갔다. 네…?

제가요…? 선생님의 지적에 뜨끔한 한편으로 조금 당황스러웠다. 내 그림인데, 나 말고 또 누가 있어야 하는 건가?

서둘러 다른 수강생들의 그림을 살펴보았다. 그런데 정말 다들 가족, 연인, 친구, 반려동물, 하다못해 상상 친구라도 그려놓은 게 아닌가. 내 세상에는 오로지 나밖에 없다는 걸 몇 주 동안 전혀 인지하지 못했다. 그림 속의 나는 과수원에서 혼자 사과를 수십 컨테이너씩 수확하고 있었고 비가 올 때도 혼자 우산을 쓰고 있었으며, 즐거울 때도 혼자 히죽이고 있었다. 주제가 타인에 관한 것이라 어쩔 수 없을 때만 가족이나 친구가 등장했다.

좋게 말하면 독립적인데 선생님이 봤을 때는 독립적이다 못해 고립되기 직전이었나 보다. 선생님은 처방으로 '사람들과 자주 만날 것'을 제안했다. 마지못해 고개를 끄덕였지만 속으로는 '인생, 어차피 홀로 왔다가 홀로 가는 건데 굳이 그럴 필요가 있을까?'라고 생각했다.

그날 저녁, 여태 그린 그림을 모아놓고 찬찬히 훑어보며 의문을 가졌다. 언제부터였을까, 이 지독한 인간 불신의 시작은.

나는 중학생이 된 지 반 년쯤 지나서 학교를 나왔다. 대단한 이유는 없었다. 단지 검정고시를 보고 어린 나이에 대학교에 가면 재미있을 것 같아 선택한 길이다. 하고 싶은 일을 빨리 찾으면 더 좋고 말이다. 오직 재미로 인생의 중대사를 결정했다는 말은 언제 해도 멋쩍다. 작가가 될 줄 알았다면 대한민국의 공교육 시스템에 저항한다며 학교 정문이나 박차고 나올걸 그랬다.

어쨌든 십여 년 전에, 그것도 제주도의 작은 동네에서 학생이 자퇴를 한다는 건 엄청난 일이었다. 그걸 알 턱 없는 나, 아무 생각 없이 '대학을 일찍 갈 수 있다니, 대박이잖아? 히히' 하며 사물함에서 짐을 꺼내 가방에 주섬주섬 담았다. 만약 다른 이들의 반응을 알았더라면 그렇게 고민 없이 자퇴를 할 수 있었을까? … 잘 모르겠다. 무식하면 용감하다고, 정말 아무것도 몰라서 할 수 있었다.

나는 아주 평범해서 존재감도 없었는데 자퇴와 동시에 라이징 스타가 됐다. 구제 불능 불량 학생으로 소문이 난 거다. 누구를 때려서 반신불수로 만들었다느니, 그래서 퇴학당하기 전에 자기 발로 나가는 거라느니, 임신을 했다느니 등. 그때 나는 13살이었는데(빠른 년생이 있을 때다), 13살 여자애한테 임신 운운한 사람들은 도대체 무슨 생각이었을까?

선생님들도 비난에 동참했다. "너희 하수연처럼 살다간 인생 망한다. 학교도 못 다니는 애가 나중에 사회에 나가서 뭘 할 수 있겠니. 걔는 분명 사회부적응자가 될 거다." 그러면 친구들이 "야, 쌤들이 오늘도 네 얘기하더라" 하고 연락이 왔다. 서글펐다. 얼마 전까지 웃어주던 선생님들이었는데, 나서서 응원해 주는 건 바라지도 않았지만 그렇게까지 말할 필요는 없잖은가.

서글픔은 억울함으로, 억울함은 분노로 변했다. 제일 통쾌한 복수는 성공이라 했으니 반드시 최연소 대학생이 되겠다고 다짐했다. 계획대로 15살에 대학생이 되었더니 평판이 부침개 뒤집히듯 바뀌었다. 얼마 전까지 수군대며 비난하던 사람들이 앞다투며 칭찬과 축하를 건네고, 어떤 선생님은 꽃다발을 사들고 집에 찾아왔다. 내게 미안하단 말을 했던가? 기억나지 않는다. 나는 선생님이 미워서 얼굴은 쳐다보지도 않고 애꿎은 꽃만 노려봤다.

구제 불능 불량아에서 영특한 대학생이 되는 동안 15살 아이의 마음에는 인간 불신이 싹텄다. 언제, 무슨 계기로 돌변할지 모르는 게 사람이구나. 앞으로는 누구도 함부로 믿지 말아야지. 그래서 18살에 갑자기 투병을 하게 됐을 때는 덜컥 겁이 났다. 병보다 사람들의 시선이 더 무서웠다. 보란 듯이 일찍 대학에 가더니 졸업도 하기 전에 고꾸라져 처박히는 내 인생을 보고 손뼉 치는 이들이 분명 있을 것 같았다. 그 생각만 하면 억울해서 잠이 안 왔다. 역시 타인은 지옥이다. 상처받지 않으려면 그 지옥에서 멀리멀리 달아나야 했다. 그게 나를 지키는 방법이라고 믿었다.

아, 나는 왜 그렇게 편협했을까. 어린 나이였지만 시선을 다른 곳에 둘 수도 있었을 텐데. 나를 미워하는 사람들만 바라보다가 더 중요한 걸 보지 못했다. 곁에서 응원하고 지지해 주는 사람들 말이다.

그들은 각자의 방식대로 나를 아껴주었다. 내 친구는 그런 적도 없고 그런 애도 아니라고 대신 싸워준 친구가 있었고, 공부할 때는 달달한 걸 먹어야 머리가 잘 돌아간다며 불쑥 케이크나 쿠키 같은 간식거리를 주고 간 사람도, 아무 말도 하지 않고 빙긋 웃으면서 내 등을 토닥여준 손도 있었다.

만약 그때 나를 믿고 응원해 준 이들에게 시선을 두었다면 내 그림에 여러 사람을 그려 넣었을지도 모른다. 같이 먹어야 맛있는 음식이 있듯이, 같이 할 때 더 즐거운 일이 있으니까. 누군가와 함께라면 우산이 없어 비를 쫄딱 맞아도 웃음이 난다. 사과를 혼자 수십 컨테이너씩 수확하는 일보다 한두 개의 사과를 깎아 나눠 먹는 게 더 즐겁다.

내가 무엇을 이루고 포기했느냐에 따라 나를 다르게 평가하는 사람도 있지만, 언제나 나를 있는 그대로 바라봐주는 사람도 있다. 그들을 마음속으로 계속 그려 넣으며 생각한다. 내게 이유 없는 악의를 가진 사람보다 나를 사랑하고 지지해 주는 사람에게 집중할 거라고. 소중한 사람들과 함께 즐겁게 살기에도 모자란 시간을, 의미 없이 낭비하지 않겠다고.

똥과 된장에 기꺼이 평점을

"얘, 그거 아무나 하는 건 줄 아니?"

자퇴하겠다는 말에 담임 선생님이 한 말이었다. 그 말이 시작이라는 걸 알았어야 했는데. 사람들은 나를 만나거나, 만나지 못하면 전화를 하거나, 전화도 안 받으면 굳이 집까지 찾아와서 말했다.

"내가 아는 사람이 그러다가 망했어."

"똥인지 된장인지 찍어 먹어봐야 알아?"

"유난 떨지 말고 평범하게 살아. 그러다 인생 망치면 어떡하려고."

나야말로 묻고 싶었다. 망해도 내가 망하는데, 남한테 피해될 일이 하나도 없는데 무슨 오지랖이 그렇게들 넓냐고. 한 번 사는 인생 내 마음대로 하면 좀 어때서. 대신 유난을 떨어달라는 것도 아닌데 왜 다들 난리란 말인가?

차라리 생판 남이라면 아무 생각도 안 들었을 텐데 그들은 가깝거나 먼 주변 사람들이었다. 그래서 더 스트레스였다. 오랫동안 이들의 심리가 궁금했다. 사는 게 심심한가. 왜 남의 인생에 저렇게 관심이 많을까? 그래서 심리학과 사회학 책을 많이 읽었다.

덕분에 알았다. 누군가를 끌어내리려 하는 이유는, 상대를 훼손시켜야만 자신이 우월해진다고 믿기 때문이라는 사실을. 그렇게 시기하는 사람이 모여 집단이 만들어진다. 그들은 집단에서 벗어난 사람이 폭삭 망하기를 바란다. 그것도 아주 간절히. 자신들이 살아가는 방식만이 옳다고 생각하는 사람들은, 보편에서 이탈한 자의 몰락을 통해 자기 믿음을 더욱 확고히 하려 한다.

인간을 부분별로 나눠 가치를 측정해야 한다면 시기심으로 똘똘 뭉친 부분이 제일 쓸모가 없을 텐데. 안타깝게도 그들은 자신의 말이 영양가 있는 조언이라고 생각한다. 제일 환장하는 부분이다. 조언(을 빙자한 후려침)을 듣는 사람은 갈등하게 된다. 시도해 본 자들의 말을 따라야 할까? 통계를 믿고 더 높은 확률을 선택해야 할까? 아무나 하는 게 아니라는데, 내가 해도 되는 걸까?

경험상 그런 집단은 내가 뭘 하든 한마디를 얹는다. 잘되면 그게 뭐 대단한 거냐고 말하고, 잘 안되면 거 봐라, 내가 말하지 않았냐고 한다. 자기 삶을 살지 않고 남의 삶을 기웃거리는 이들은 정말 사는 게 무료하거나 불행하다는 걸 본인의 입으로 증명한다.

이럴 때는 살불살조殺佛殺祖의 정신으로 나아가야 한다. 당나라의 선승 임제 스님은 부처를 만나면 부처를 죽이고, 스승을 만나면 스승 역시 죽이라고 했다. 이게 무슨 사이코패스 같은 소린가 싶지만 큰 뜻이 담겨있다. 부처든 스승이든 깨달음을 얻는 일에 방해가 되는 건 전부 초월하라는 뜻이다. 즉 어떤 상황에서도 주체적으로 선택하고 행동해서 너의 길을 꿋꿋이 가라는 것이다. 가끔 이 말을 떠올리면 여태까지 남의 말에 귀를 팔랑거린 적이 얼마나 많았는지, 내 선택이라고 생각한 게 정말 오롯이 내 선택이었는지를 돌아보게 된다.

내가 직접 그 길을 걸어보지 않으면 누가 알 수 있나. 선택의 결과는 시험 점수처럼 곧바로 나오지 않는다. 지금은 틀림없이 맞는 길 같아도 나중에는 막다른 길일 수도 있다. 반대로 당장 보기에는 험난한 길이어도 끝에는 멋진 경치가 나올 수도 있다. 따라서 선택에는 '옳은'이라던가 '최고'라는 수식어가 붙지 않는다. 다만 그 순간에 내릴 수 있는 '최선'의 선택만이 존재한다.

그러니 '적어도' 내가 결단 내리고 용기 내어 선택한 것이라면 일단 밀고 가야 한다. 기껏 큰 마음 먹고 선택했는데 "이게 맞나? 아닌가? 혹시 내가 틀린 거면 어떡하지?" 하고 걱정만 하면 그 길이 어떤 풍경을 가지고 있는지 절대 알 수 없다. 가다가 이게 지옥으로 가는 길 같으면 그때 다시 선택하면 된다. 대차게 망해봤자 죽기밖에 더 하겠냐는 마음으로.

부처를 만나면 부처를 죽이자. 스승을 만나거든 스승 또한 죽이자. 내 앞길을 막아서고, 가는 길에 압정을 흩뿌리고, 자유의지를 앗으려는 이들을 무시함으로써 죽이자. 무시하는 게 내키지 않으면 이렇게 답하자. 나는 그게 똥인지, 된장인지, 쌈장인지 먹어본 다음 별점 매기고 후기까지 쓸 거라고.

바라건대 불안하거나 외롭고, 혼란스럽다고 해서 당신의 실패를 바라는 집단에게로 돌아가지 않았으면 한다. 물론 타인에게 조언이나 도움을 구하고 싶을 때가 있고, 가끔은 그래야 하기도 한다. 하지만 내 삶에 나보다 타인이 더 큰 밀도를 차지한다면 이걸 감히 내 삶이라 부를 수 있을까.

내 삶은, 내가 살아야 한다.

믿을 수 있는 사람에게만 마음을 줄 순 없을까

상처받지 않기 위해 멀리 달아날 수는 있지만 타인의 존재에서 영영 벗어날 수는 없다. 내가 겨우 도망친 곳은 관계의 가장자리였다. 그나마 가장자리는 안전했다. 거기까지 나를 찾아오는 사람은 드물었고, 그렇게 온 사람마저 내칠 정도로 나는 모질지 않았다. 그렇다고 마음 다해 환영했느냐 하면 그것도 아니다. 여기까진 어쩐 일이냐며 의심스러운 눈으로 쭈뼛쭈뼛 문을 열었을 뿐이다. 많이도 말고 아주 쪼오오오끔. 진짜 쪼금.

타인과 깊은 관계를 맺고 싶은 마음이 전혀 없었던 건 아니다. 그렇다고 섣불리 사랑과 마음을 줄 수는 없었고 신뢰

하기란 더욱 힘들었다.

인간은 때로 짐승만도 못하다. 행실이 나쁜 인간에게 '금수만도 못한 놈'이라고 하는 건 틀렸을 뿐만 아니라 세상 모든 금수에게 공개적으로 사과해야 할 정도로 잘못된 말이다. 온갖 범죄와 사건, 사고가 난무하는 세상을 보고 있으면 이게 지혜롭다고 자부하는 호모 사피엔스들이 일궈낸 세상이 맞긴 한 건지 의문스럽다. 지구와 생태계 파괴의 주범은 다름 아닌 인간이며 온갖 잔혹한 범죄도 인간이 저지른다. 속이고, 배신하고, 때리고, 죽이고, 영혼을 갉아먹는 것도 인간만이 한다.

안 그래도 인류애가 평균 미달인 내가 이런 인간 군상을 보면서 하루아침에 마음을 활짝 열어젖힐 수는 없는 노릇이다. 배신당할, 이용될, 상처받을 확률이 높은데 어떻게 조금의 의심도 없이 타인을 사랑하고 신뢰할 수 있단 말인가.

도라에몽이 주머니에서 대나무 헬리콥터 꺼내는 소리긴 하다만, 척 보기만 해도 상대가 얼마나 믿을 만한지 퍼센티지로 알려주는 안경이나 렌즈가 있으면 좋겠다. 인간이 입체적이고 변화무쌍한 건 알고 있지만 최소한 믿었던 사람에게 배신당하거나 상처받는 일은 겪고 싶지 않다. 나는 사람 보는 눈이 발바닥에 달렸나, 왜 저런 인간인 걸 알아채지 못했을까 하고 자책하며 소주 병나발 부는 짓도 관두고 싶다.

마음을 다하는 건 어려운 일이다. 오히려 냉소적으로 사는 게 훨씬 쉽다. 이 사람도 흥, 저 사람도 흥, 하며 어차피 떠날 사람이라고 생각하면 아쉬울 게 하나도 없다. 뭐가 두려울까, 이미 철저히 혼자가 되기를 자처한 셈인데. 사람 때문에 골치를 썩이느니 무미건조해도 이렇게 사는 게 낫다고 생각했다.

사람을 믿고 싶다,

믿기 싫다,

아니 믿는 게 무섭다.

망할 딜레마.

이러지도 저러지도 못하다가 나와 달리 사람 좋아하는 친구에게 물었다.

"너는 어떻게 사람을 믿을 수 있어? 상대방이 너한테 상처를 주거나 배신할 수도 있잖아. 그게 무섭고 두렵지 않아?"

친구는 한참 생각하더니 말했다.

"음…. 구더기 무서워서 장 못 담그는 거랑 같지 않을까? 물론 나도 상처받고 배신당하면 힘들지. 근데 그건 내가 어떻게 할 수 있는 게 아니니까 그냥 '재는 저런 인간이었구나' 하고 말아."

생각보다 훨씬 간결한 대답이었다. 정말이지 너무나 간단하고 맞는 말이어서 고개를 끄덕일 수밖에 없었다. 친구는 항상 자기 감정에 충실했고 최선을 다해 표현했다. 타인을 위해서가 아니라 스스로 충만하게 살기 위해서였다. 친구는 타인을 있는 그대로 느꼈지만 나는 타인을 두고 계산했던 거다. 둘 중 누가 더 깊고 진한 삶을 살았는지 묻는다면 따져볼 것도 없이 친구의 삶이다.

친구 말대로 관계는 장을 담그는 것과 같다. 구더기가 생기면 '이런, 너만큼은 구더기가 되지 않길 바랐는데…' 하고 건져서 버리면 그만인 거였다. 이게 내가 할 수 있는 영역이다. 인연이 지속되면 그저 즐기고, 상대가 나를 배신하면 그냥 그런 사람이었구나 하고 떠나보내면 되는 거였다. 게다가 상대가 나를 배신했다고 느끼는 건 전적으로 내 관점이다. 상대 입장에서는 대수롭지 않은 일일 수도 있고, 그럴 만한 이유가 있을 수도 있다. 어쨌든 그것도 내 마음대로 할 수 있는 영역이 아니다.

지금은 마음의 문을 활짝 열어 모든 이들을 환영할 수 있게 되었답니다, 하고 끝내면 아름다운 결말이겠지만 나는 여전히 믿을 만한 사람에게만 마음을 주고 싶다. 다만 그 사람이 믿을 수 있는 사람인지 아닌지도 직접 겪어보기로 했다.

구더기가 생길지 안 생길지는 우선 장을 담가봐야 알 수 있으니까.

어떤 구더기도, 곰팡이도 없이 관계의 장을 만들 수 있는 사람도 있을까? 분명 그런 사람도 있겠지만 그 정도까지 되는 건 바라지도 않는다. 나는 지금보다 조금 더 초연해지기를 바란다. 관계의 장이 엉망이 되더라도 나는 너를 믿었고 거짓 없었으며 내 감정에 충실했다고, 내가 할 수 있는 일은 여기까지라고 생각하며 담담히 털어내고 싶다. 그리고 새로운 관계를 두려워하지 않고 다시 꿋꿋하게 장을 담그고 싶다.

마음 보수 시간입니다, 잠깐 잠수탈게요

오후 다섯 시도 되지 않았는데 그날의 체력과 정신력을 모두 써버리는 날이 있다. 나는 내향성이고 빛과 소리에 예민해서 한순간에 방전되기도 한다. 그렇게 되면, 비상이다. 타인에게 보여야 할 친절, 배려, 다정이 증발하기 때문이다. 즉시 안전한 곳으로 이동해야 한다. 나는 그 순간부터 내상을 입은 동물에 불과하다.

곧장 집으로 간다. 방에 들어가 문을 걸어 잠근 뒤 모든 환경을 내게 맞춤으로 만든다. 들고 나갔던 짐을 모두 정리하고, 따뜻한 물로 씻고, 편안한 옷으로 갈아입는다. 그리고 조명을 어스름하게 켜둔다. 밝은 백색의 직접등은 눈이 아려서 절대적으로 피한다. 따뜻한 색의 간접등을 여기저기 켜고 잔잔한 노래를 작게 틀어둔다. 주변이 시끄러우면 귀마개나 노이즈 캔슬링이 되는 이어폰을 껴야 한다. 찢어지는 소리, 날카로운 소리는 나를 더욱 예민하게 만든다. 그리고 휴대폰을 방해 금지 모드로 바꾼 뒤(나는 이 이름을 '다 꺼져 모드'로 변경해 놨다), 따뜻한 물을 따라 옆에 놓고 부들부들한 이불이나 인형 같은 걸 껴안고 최소 두 시간 정도 누워 있어야 한다. 그래야 체력과 정신력이 겨우겨우 돌아온다.

요즘 방전되는 순간이 점점 더 잦아지고 있어서 나를 보호하기 위해 최선을 다하고 있다. 갑자기 펄떡펄떡 뛰는 심장 때문에 신경안정제를 항상 챙겨 다닌다. 언제, 어디서 약을 털어먹어야 할지 모른다. 심장이 뛰는 건 당연하지만 이렇게까지 나댈 필요는 없지 싶다.

내가 빛과 소리에 민감하듯 누군가는 공간의 온도나 습도, 냄새나 청결에 민감할 것이다. 누구나 어느 한구석은 예민하고 까탈스럽다. 그런데 어떤 상황이 나를 민감하게 만드는지 모른다면 그 스트레스를 해소할 방법을 찾지 못한다. 그래서 우리는 자신을 알아가야 한다. 호불호나 취향을 넘어 내가 어떤 환경에 있을 때 가장 편안하고 즐겁다 느끼는지 알아야 하고, 어떤 환경이 나를 피곤하고 민감하게 만드는지를 알아야 한다. 그래야 체력과 다정이 바닥을 보일 때 대처할 수 있다. 낯선 공간이어도, 당장 집에 갈 수 없더라도 어느 정도 안정을 찾을 수 있는 것이다.

이런 자기 탐색이 필요한 첫 번째 이유는 나 자신을 보호하기 위해서다. 예민하고 민감한 상태일 때 어떻게 해야 하는지 아는 것과 모르는 것은 천지 차이다. 남들에게는 아무렇지도 않은 환경이 나에겐 큰 자극이 될 수 있다는 걸 인정하고, 감당할 수 있는 수준이 어느 정도인지 감을 잡아야 한다. 내 체력과 정신력은 한정되어 있기 때문에 의미 없는 자극에 줄곧 소모할 수는 없다. 그런 환경에 오래 놓여 있으면 나는 탈진한다. 충전되기까지 하루, 이틀, 혹은 일주일이 걸릴 수도 있다. 그러므로 나를 보호하기 위해서는 나를 알아야만 하고, 여러 상황에 따른 대처 방법을 준비해 둬야 한다. 그 방법은 평생 내 몸과 마음을 보살펴주고 내일을 살 힘을 비축할 수 있게 해준다.

두 번째 이유는 타인을 위해서다. 남들은 내 기분이 어떤지 알지 못한다. 저 사람의 체력과 정신력이 지금 충만한지 바닥났는지 알 수 없다. 날씨처럼 폭풍우가 쳤다가 맑았다가, 비가 왔다가 말다가 하면서 난리를 치는 내 기분이 말과 표정에 드러나면 누군가에게는 상처가 된다. 그런 일은 되도록 없어야 한다.

그래서 나는 매일 마음을 보수하는 시간을 가진다. 혼자만의 시간을 갖는 것과는 결이 다르다. 이건 치유와 복원의 시간이다. 당장 집에 갈 수 없을 때를 대비해 암막 안대를, 이어폰 배터리가 없을 때를 대비해 귀마개를 챙겨들고 다니는 나는, 나를 보호하기 위한 최소한의 수단을 지니고 있는 셈이다.

남들에 비해 자주 방전되고, 기력을 회복하는 데 시간이 많이 드는 내가 싫은 적도 있었지만 이제는 안다. 내 몸과 마음이 먼저 건강해야 일을 할 수 있고, 관계에 쏟을 힘이 생기고, 삶을 사랑할 여유가 생긴다.

우리는 자신이 언제 가장 편안하고
즐거운지 알아야 한다.

⊘⊘⊘

그 방법이 평생 내 몸과 마음을 보살펴주고
내일을 살게 해준다.

바나나 우유만큼의 다정함

여기는 비행기 화장실 안. 바닥에 앉아 수도꼭지를 들여다보고 있다. 탑승도 잘 하고 이륙도 잘 마쳤는데 갑자기 불안 증세가 도졌다. 급하게 약을 먹었는데도 심장이 요동치고 숨이 가빠져서 승무원님께 양해를 구했다. 내가 불안 증세가 있는데 잠깐 화장실에 혼자 있어도 되겠느냐고. 흔쾌히 배려해 주신 덕분에 이러고 있는 거다.

여태 이런 일은 없었다. 아마도 히터 때문일 것이다. 눈에 보이는 사람들 한 명 한 명이 위협적이고, 두꺼운 마스크를 끼니 더욱 답답하다. 게다가 히터가 공기를 뜨겁게 달구는 바람에 죽을 것처럼 숨이 막혔다. 그래서 급한 대로 동굴을 찾아 피한 곳이 여기다.

어느 날은 과호흡이 오고, 어느 날은 산소가 턱없이 부족하다. 이 모든 게 뇌의 장난이라는 걸 안다. 머리가 아는 것과 몸이 반응하는 건 별개라는 것도 안다. 그러니 내가 할 수 있는 건 침착하게 숨을 고르고 한곳에 집중하는 것이다. 바닥에 쭈그려 앉아 휴대폰으로 글을 쓰고 있는 건 다 그런 이유에서다. 이런 일도 써두면 언젠가 쓸모가 있겠지. 작가로서 이런 경험을 해보는 것도 나쁘지 않아. 음.

대충 쓰고 휴대폰을 내려놓는다. 한참 숨을 들이마시고 내쉬다가 시간을 확인했다. 20분만 버티면 내릴 수 있다. 지하철을 타려고 했는데 택시를 타야 할지도 모르겠다. 근데 택시에서도 이러면 어쩌지? … 뭐 어떡해, 내려야지.

숨을 다시 한번 고르고 화장실을 나섰다. 승무원 여러 명이 다가와 내 상태를 살폈다. 덕분에 괜찮아졌다고 감사 인사를 하고 자리에 앉았더니 창가에 앉은 사람이 물었다.

"혹시 멀미하세요? 자리 바꿔드릴까요?"

나는 가슴께를 부여잡고 인류애가 흘러 들어오는 걸 느꼈다. 세상은 가끔 따사롭구나. 이 두근거림이 불안 증세가 아니라 인류애가 충전되는 신호였으면 했다.

비행기에서 내려 지하철을 탔다. 도중에 내려야 할 일이 생긴다면 택시보다는 오히려 지하철이 더 낫겠다 싶었다. 의자에 앉자마자 손으로 눈을 가렸다. 내려야 할 때를 알리는 안내 방송을 들어야 해서 이어폰을 낄 수 없었다. 청각이든 시각이든 하나는 자극을 차단해야 했다. 귀를 막을 것인가, 눈을 가릴 것인가. 나는 눈을 가리는 쪽을 택했다. 그렇게 동생 집 근처까지 도착했다. 계속 긴장한 탓에 목이 말라서 편의점에 들어갔다. 마실 거리를 고르려는데 바나나 우유가 눈에 들어왔다. 아…. 바나나 우유. 뚱뚱한 바나나 우유 한 개를 꺼내 들여다보았다. 며칠 전 일이 떠올랐다.

나는 답답할 때 드라이브를 할 겸 술도 살 겸, 집에서 조금 먼 편의점을 자주 가곤 했다. 처음 술을 살 때 사장님이 "내가… 신분증 검사는 안 해도 되겠지요?"라며 마스크를 쓴 내 얼굴을 긴가민가 쳐다보았다. 나는 깔깔 웃으면서 신분증을 꺼내 보여드렸고, 이런저런 이야기를 나눴다. 그때부터 자주 들렀다. 그날도 답답해서 나갔을 거다.

"사장님, 저 왔어요!" 하며 들어가니 창고에서 사장님이 나오며 물었다.

"일은, 잘됐어요?"

"아니요, 아직요."

나는 과장하며 몸을 있는 대로 쭈그러뜨렸다.

"에이, 잘될 거야. 응? 우리 아가씨는 성격이 좋아서 다 잘될 거야. 그건 그렇고 이거 받아요. 기름값."

바나나 우유였다. 아저씨는 먼 길까지 와서 술을 한 보따리 사가는 내게 기름값으로 간식을 주신다. 저번에는 요구르트, 이번에는 바나나 우유.

"다음에 올 때는 좋은 소식 들려드릴게요."

"좋은 소식 아니어도 돼. 그냥 와도 돼. 또 와요."

뒤에서 아내분이 활짝 웃고 계셨다. 나는 이름도 모르는 사람들에게 위로를 받으며 문을 나섰다. 바깥공기는 차가웠고, 손에 들린 술은 무거웠고, 냉장고에서 방금 꺼냈을 바나나 우유는 왠지 따뜻했다.

집으로 가는 내내 바나나 우유를 매만지며 생각했다. 오늘 밤을 견딜 용기는 저 다정한 말 한마디로 충분하다고. 좋은 소식 아니어도 좋으니 언제든 들르라는, 바나나 우유만큼의 다정함이라면 나는 오늘 밤도 그럭저럭 버틸 수 있다고.

세상을 조금 더 따뜻하게 만드는 방법은 의외로 별것 아닐지도 모른다. 눈 마주칠 때 웃으며 인사하는 것, 상대의 인사를 받아주는 것, 감사하다고 말하는 것, 누군가가 실수를 하더라도 민폐라고 할 게 아니라 이 정도는 괜찮다고 말해주는 여유, 뒷사람을 위해 문을 잡아주는 일, 오늘 하루 기분 좋게 보내라는, 뻔하지만 기분 좋은 말 같은 것들이 얼어 있던 마음을 녹인다.

이런 사소한 관심과 작은 호의 덕분에 세상이 살 만해진다는 걸 잊지 않으려 한다. 타인의 친절과 다정에 더 민감해지고 싶다.

더도 말고 덜도 말고, 딱 바나나 우유만큼이라도.

안티 팬미팅

어릴 때 단짝이었던 친구가 어느 날 전학을 갔다. 몇 년 뒤 그 친구를 버스에서 우연히 마주쳤다. 그런데 친구가 별안간 "야, 그거 알아? 나 너 존나 싫어해"라고 말하는 것이다. 나는 그 순간을 똑똑히 기억한다. 그때 느꼈던 감정이 슬픔이나 두려움이 아니라 놀라움과 호기심이었기 때문이다.

대놓고 '너 진짜 싫다'는 말을 처음 들어서 정말이지 놀랐다. 그리고 '싫어했어'도 아니고 '싫어해'는 현재진행형 아닌가. 게다가 그냥 싫은 것도 아니고 '존나' 싫다니! 몇 년 만에 마주친 친구가 건네는 인사치고 상당히 파격적이라 나도 모르게 물었다. "헐, 진짜? 왜?" 내 반응이 예상 밖이었는지 친구는 "어? … 그냥" 하고는 냅다 가버렸다. 시간을 돌이킬 수 있다면 그때로 돌아가 총총 뛰어가는 친구를 붙잡고 묻고 싶다. 어디 가, 내가 왜 싫은지 알려주고 가!

그 일을 계기로 깨달았다. 나는 나를 싫어하는 사람에게 흥미를 느끼는구나. 누군가를 미워하는 것도 분명 힘든 일이잖은가. 나의 어떤 점이 너를 불쾌하게 만들길래, 그 부정적인 감정이 얼마나 크길래 시간과 공을 들이는지, 그래서 네가 얻는 게 무엇인지 늘 궁금하다. 그 번거로운 걸 마다하지 않고 한 사람에게 감정과 시간을 쏟는 게 애정의 그림자가 아니고 무엇이란 말인가. 그리고 굳이 나한테 와서 '나, 너 싫어'라고 말하는 건 자기를 알아봐 달라는 앙탈이 아니라면 뭐라고 설명할 수 있단 말인가?

수줍게 밝히자면, 내 버킷리스트 중 하나가 안티 팬미팅이다. 나를 싫어했고, 여전히 싫어하고 있는 이들을 한데 모아 팬미팅을 열고 싶다. 팬미팅의 첫 번째 프로그램은 '나는 왜 하수연이 싫은가'를 놓고 벌이는 토론이다. 사회는 내가 맡을 거다. 아, 싫어하는 사람이 사회를 맡으면 불참하려나. 그렇다면 객석 맨 뒷줄이나 관계자 자리에 앉아서 구경해야겠다. 시간은 한 시간 30분 정도가 적당하지 않을까? 그렇게 열띤 토론이 끝나면 한 명씩 퇴장해야 한다.

밖으로 나오면 두 번째 프로그램인 아이 콘택트가 기다리고 있다. 원목 테이블을 사이에 두고 의자가 두 개 놓여 있다. 참가자가 의자에 앉으면, 내가 옆문에서 걸어 나와 맞은편에 앉을 거다. (혹시 신변에 위협을 가할지 모르니 경호원을 대동해야겠다.) 그리고 나랑 30초 동안 눈을 마주치면서 왜 내가 싫은지 본인 입으로 말한 다음, 함께 사진을 찍고 헤어지는 순서로 기획할 것이다.

귀한 시간을 쪼개 싫어하는 사람에 대해 토론하고, 싫어하는 사람과 눈을 맞추면서 친절하게 싫어하는 이유를 이야기한 뒤 같이 사진을 찍을 수 있는 자, 과연 몇 명이나 있을까? 할 수 있으면 초대에 응하겠지. 그럼 나는 참석자 명단을 찬찬히 훑어보면서 역시 당신들은 나를 좋아하는 거라며 실실 웃을 수밖에 없을 것 같다.

이 안티 팬미팅 기획을 들은 사람들이 나보고 변태 같단다. 좀 그런가. 그래도 궁금한걸. 아마 단짝이었던 그 친구는 오지 않을까? 이미 한 번 해본 경험이 있으니 더 신랄하게 잘할지도 모른다. 아, 궁금하다. 너희는 내가 왜 싫었으며 왜 여전히 싫은지.

곰곰이 생각해 본다. 정말 초대를 하면 누가 오기나 할까? 누가 온다면 그건 그것대로 웃긴데. 만약 그때도 유튜브를 하고 있다면 꼭 영상으로 남겨야겠다. 그리고 늙어 죽을 때까지 영상과 사진을 번갈아 보면서 웃어야지. 나를 싫어하는 사람이 이렇게 많으니 나는 분명 오래 살 거라고 히죽대면서.

양말 인간

지하에서 엘리베이터를 탔다. 내 또래로 보이는 세 명과 함께였다. 1층에서 엘리베이터 문이 열렸고, 밖에서 모자를 눌러쓴 사람이 살짝 흠칫했다. 생각보다 사람이 많아서 그런가 보다 했다. 잠시 망설이다 엘리베이터를 탄 그는 고개를 숙이고 있다가 먼저 내렸다. 나는 한참 더 올라가야 해서 멍하니 있는데 누가 킥킥거렸다.

"다리 봤냐. 로우킥 갈기면 내 다리 부러질 듯."

옆에 있던 친구가 발로 차는 시늉을 하자 다른 친구가 '으악' 하고 다리를 붙잡고 우는 소리를 했다. 세 명이서 좋다고 웃었다.

"재밌으세요?"

어머, 속으로 말한다는 게 그만. 보나 마나 내 표정은 썩었겠지. 코로나가 생기기 전이라 마스크도 없었는데.

"네?"

"사람 놀리는 거 재밌냐고요."

"아는 사람이에요?"

기가 차서 웃음이 다 나왔다.

"그게 중요해요?"

그러자 자기들끼리 "야, 됐어. 내려, 내려" 하며 다 같이 내렸다. 문이 닫혔다. 아이씨, 나도 내려야 되는데 니들만 내리면 어쩌자고.

결국 한 층을 더 가 계단으로 내려오는데 손이 미세하게 떨렸다. 기세 좋게 말을 뱉어놓고 무서웠던 걸까, 아니면 화가 덜 풀려서일까. 어느 쪽이든 상관없다. 잠자리에 누워서 이불을 박차며 그때 한마디 할걸, 하고 씩씩대는 것보다 할 말 다 하고 손을 발발 떠는 게 훨씬 낫다.

내가 쏘아붙인 건 정의로운 인간이라서가 아니다. 저런 경멸과 조롱을 당해본 적이 있어서다. 약 부작용으로 얼굴이 엉망진창이었을 때 나는 사람의 눈을 제대로 마주보지 못했다. 아는 사람이든 모르는 사람이든 내 얼굴을 빤히 쳐다

보는 건 일상이었고 누군가는 신기하다는 듯 "피부가 왜 그래요?"라고 물었다. 개념에도 항암을 할 수 있다면 좋으련만. 그쯤부터 사람들의 눈에서 호기심과 동정을 읽었다. 흉터는 세월이 지워주었지만 뇌리에 박힌 눈빛은 사라지지 않았다. 그래서 나도 모르게 재밌냐고 물은 거다. 남의 생김새를 비웃고 조롱하는 그 같잖은 일이 그렇게 재밌냐고.

비교, 차별, 조롱, 그리고 희화화는 상대를 존중하지 않는다는 걸 넘어선다. 이건 감정 폭력이다. 감정 폭력은 상대를 은밀하게 가해한다. 눈에 보이지도 않아 얼마나 다쳤는지 증명할 방법도 없다. 감정 폭력으로 생긴 상처는 본인 말고는 아무도 알 수 없다. 사람이 물리적 폭력보다 감정 폭력을 상대적으로 가볍게 여기는 이유가 여기에 있다.

이런 일을 당하거나 목격할 때면 안팎이 뒤집힌 인간을 상상한다. 어느 날 갑자기 돌돌 말린 양말을 뒤집듯이 인간의 외부와 내부가 뒤집힌다면 어떨까. 일단 징그럽겠지. 하지만 그렇게 된다면 우리는 서로 구분할 수 없을 만큼 비슷하게 생겼을 거고, 지금보다는 차별과 비교를 덜 하게 될 거다. 옆 사람의 선홍빛 위장이 나보다 크다고 열등감이 생길까? 그럴 리가. 제대로 움직이기만 하면 고마울 따름이다. 모두의 해골도 별 차이 없을 것이다. 눈과 코가 있는 자리는 뚫려 있어서 아마 뒤로 눈알이 보이겠지만, 눈이 크든 작든 코가 높든 낮든 관심도 없을 거다. 두개골이 열두 조각으로 쪼개져 있지 않고 온전히 형태를 갖추고 있는 것만으로도 고마운 일이니까.

하지만 시간이 지나 안팎이 뒤바뀐 모습이 보편적인 사람의 꼴이 된다면, 우리는 분명히 뼈나 장기를 성형하거나 없애거나 추가할 것이다. 그게 유행이 되고 새로운 미의 기준이 되면서 또 끔찍한 비교를 시작하고 서로에게 상처를 줄게 분명하다. 아, 인간은 왜 이렇게 남의 껍데기에 관심이 많을까. 어차피 벗겨내면 뼈와 근육, 지방, 혈관, 장기밖에 없는 건 똑같은데.

인간의 껍데기는 다 똑같다. 늙고 삭아서 마침내 부패한다는 점이 그렇다. 그래서 나는 난데없이 외모 평가를 당하면 상대의 안팎을 뒤집는 상상을 한다. 그리고 이죽거리며 말한다. 내 얼굴이, 몸이 뭐 어쨌다고? 그래봐야 너나 나나 죽어 썩는 건 마찬가지란다. 물론 엘리베이터에서 남을 비웃던 너희도 예외는 아니고.

소외될지 모른다는 두려움 속에서

엄마의 휴대폰이 울렸다. 복순 할머니였다. 허리가 아파서 알아둔 병원에 전화를 했는데 기계가 안내를 해서 무슨 소리인지 하나도 못 알아듣겠다는 것이다. 뭐를 확인하려면 1번, 뭐를 확인하려면 2번, 어쩌고저쩌고하는데 할머니 귀에 잘 안 들리셨나 보다.

엄마가 대신 병원에 전화를 했다. 안내음에 따라 번호를 누르고 영업시간을 알아내서 전해드렸다. 할머니는 고맙다며 이제 병원으로 가는 버스를 알아보겠다고 했다. 그런데 잠시 후 다시 전화가 왔다. 터미널 시간표를 물으려고 전화를 했더니 거기서도 기계가 안내를 하더라는 거다. 엄마가 가만히 듣더니 말했다.

"엄마, 내가 해드릴게요. 잠시만 기다리세요."

나는 옆에서 밥을 먹고 있었는데, 이리저리 전화하던 엄마의 표정이 영 심상찮아 물었다.

"엄마, 왜? 뭐가 잘 안 돼?"

"인터넷에 나오는 버스 시간표랑, 터미널에서 안내하는 시간표가 다르네…. 뭐가 맞지?"

터미널에는 사람이 직접 상담해 주는 안내 서비스가 아예 없는 듯했다. 정보가 바뀌었으면 빨리 업데이트를 하지 않고 뭘 하는 거람. 나는 휴대폰을 켜 해당 터미널에 다녀온 사람이 올린 최신 블로그 게시물을 찾았다. 블로그 주인이 친절히 올려둔 시간표를 엄마에게 보여주었다.

"엄마, 코로나 때문에 운행 시간이 변경됐대. 이게 맞을 거야."

엄마는 시간표를 종이 위에 정갈하게 적은 뒤, 사진을 찍어 할머니께 보냈다.

"고맙다, 딸밖에 없다."

할머니가 말했다.

할머니의 불편함을 해소하는 데 두 세대의 도움을 거쳤다. 할머니에서 엄마에게로, 엄마에서 나에게로. 급변하는 사회에서 이런 불편을 맞닥뜨리는 건 당연한 순서일까? 나는 독신주의라서 나중에 배우자도 자녀도 없을 텐데 늙어서 누구에게 이런 도움을 청해야 할까?

할머니는 엄마에게 "아이고, 늙으면 죽어야지. 혼자 이런 것도 하나 못 하고…"라고 했다. 밥 먹으며 그 말을 들은 20대는 생각했다. 가능하다면 늙기 전에 빨리 죽고 싶다고. 언젠가 나에게도 병원 영업시간이나 버스 시간표도 혼자 알아내지 못하는 때가, 최신 정보를 빠르게 습득하지 못하는 때가 찾아올 것이다. 그때 나는 사회에서 뿌리 뽑힌 듯한 소외감을 견딜 수 없을 것 같다.

그 이후에 또다시 타인에게서 미래의 나를 목격하게 된다. 숙취 때문에 햄버거가 절실히 필요했던 날, 키오스크의 기다란 줄 뒤에서 동태 눈깔을 하고서 기다리고 있었다. 그런데 유난히 내가 선 줄이 줄어드는 속도가 느렸다. 앞에서 간간이 짜증 섞인 한숨이 들렸다.

무슨 일인지 알아볼 만큼 컨디션이 좋지 않아 그냥 멍하니 기다리고 있었다. "아이고, 미안해요"라며 맨 앞에 있던 사람이 줄을 이탈하기 전까지. 나는 사람 나이대를 가늠할 수 있는 눈이 없어서 정체 현상을 유발한 이가 몇 살쯤 됐는지 전혀 모르겠다. 내 눈에는 흔히 볼 수 있는 아저씨로 보였다.

그는 키오스크 옆에서 서성이다가, 햄버거와 음료가 나오는 픽업대로 갔다가, 다시 키오스크로 돌아오곤 했다. 쭈뼛쭈뼛, 우왕좌왕하다가 결국 픽업대 앞에서 멈춰섰다. 직원을 기다리는 것 같았다. 일에 지친 아르바이트생이 "전광판 번호 확인해 주세요"라고 말하는 순간, 아저씨가 말했다.

"저, 주문하려고 하는데…."

아르바이트생은 귀찮다는 듯이 "저기 키오스크 이용해 주세요"라고 말하고는 휑하니 주방으로 사라졌다. 괜히 눈물이 핑 돌았다. 아저씨가 미래의 내 모습일 게 분명했다.

아저씨가 나간 뒤, 줄은 빠르게 줄어들어 어느새 내 차례가 코앞이었다. 나는 갈등했다. 아저씨한테 가서 도와드리겠다고 해야 하나? 괜한 오지랖이라고 생각하시면 어쩌지? 혹시 자존심이 상한 그가 나에게 화를 버럭 내지 않을까 오만 걱정을 하며 조심스레 다가갔다.

"선생님, 괜찮으시면 제가 주문 같이 해드릴까요?"

다행히 아저씨는 내 호의를 거절하지 않았다. 아저씨는 키오스크를 쓰는 내내 이제 늙어서 이런 건 못 해, 힘들어, 어려워, 세상이 참 많이 바뀌었네 등의 말을 했다.

"드시고 싶은 거 고르신 다음 이렇게 누르면 돼요. 한번 해보시겠어요?"

내가 누른 햄버거는 장바구니에 곱게 잘 담겼다. 그런데 아저씨가 누른 햄버거는 도무지 장바구니에 들어가질 않았다.

“나는 왜 안 되는지 모르겠네.”

“잠시만요, 제가 다시 해볼게요.”

어김없이 내가 누른 햄버거는 잘 들어갔고, 아저씨가 누른 햄버거는 또 들어가지 않았다. 왜 이러지, 생각하던 찰나 아빠가 떠올랐다. 왜 자꾸 물건을 떨어뜨리냐고 묻는 나에게 아빠가 웃으며 한 말이.

“짜슥아, 늙으면 다 이래. 젊을 때는 손이 촉촉하지. 나이 들면 손이 거칠고 말라서 뭐가 잘 안 잡히고 휴대폰 터치도 잘 안 되고 그래, 임마.”

그랬다. 키오스크의 장벽은 한두 겹이 아니었다. 낯선 문물 앞에서 느끼는 생경한 장벽 하나, 어디에다 시선을 둬야 할지 모르겠는 혼란스러운 장벽 둘, 포장이 ‘테이크아웃’이 되고 감자튀김은 ‘사이드 메뉴’에서 찾아야 하는 언어의 장벽 셋, 먹고 싶은 걸 담기 위해서는 눌러야 하는데 거친 손가락은 인식이 잘 안되는 신체적 장벽 넷. 10분도 채 안 되는 시간 동안 나는 아저씨의 눈으로 몇 개의 장벽을 마주했다. 가만, 그럼 휠체어를 탄 사람은? 아이들은? 앞을 보지 못하는 사람은? 손을 쓸 수 없는 사람은?

아, 나는 빠르게 변하는 세상이 두렵다. 점점 뒤처질 게 뻔해서 두렵다. 새로운 문물을 신기해하고 도전하기보다 구식이더라도 익숙한 걸 만지기 좋아하는 나는, 분명 나중에 혁신적으로 탈바꿈한 기계들 앞에서 주눅이 들 것이다.

그때 나는 누구에게 도움을 청해야 할까. 도움을 청한들 누가 자세히 알려줄까. 햄버거 가게의 아르바이트생처럼 싸늘한 시선이나 던지지 않으면 다행이련만. 마치 키오스크 앞에 선 줄처럼, 앞 세대가 소외되어 가는 걸 보면서 내 차례가 오기를 기다리는 것 같다. 벌써부터 맥이 풀리려고 한다.

그래서 요즘은 낯선 것들 앞에서 삐질삐질 땀을 흘리는 이들에게 조용히 다가가곤 한다. 진심으로 도와주고 싶은 마음도 있지만 훗날을 도모하려는 속셈이기도 하다. 이 작은 호의들이 나중에 늙은 나에게 되돌아오길 내심 바라고 있다. 국민연금처럼 매달 조금씩 타먹을 수 있다면 참 좋을 텐데.

감정 쓰레기를 비우는 방법

전화 세 시간째. 도무지 끝날 기미가 보이지 않는다. 친구는 세 시간 동안 애인과 왜 싸웠는지, 그에게 왜 서운하며 무엇을 바라는지, 자잘한 불만사항으로는 무엇이 있는지를 끊임없이 털어놓았다. 나한테 말한 걸 그대로 애인에게 말해보라고 하니 그게 쉽지 않단다. 그럼 별 수 있나. 같이 신나게 욕을 해줬다. 친구는 끝내 헤어지겠다는 결심을 하고서 전화를 끊었다. 나는 지쳐서 열 시간 내리 잠을 잤다.

며칠 뒤, 친구가 잠깐 보자고 해서 나갔더니 애인과 화해했단다. 활짝 웃는 친구의 주변 공기에 사랑이 가득해서 짜증이 다 났다. 세 시간 동안 난 뭐했지. 그렇게 해맑게 화해했다고 하면 남의 애인을 욕한 나는 뭐가 되니. 그런 일을 몇 번 겪고 나서야 다짐했다. 다시는 남의 연애 문제에 오래 붙들려 있지 않겠다고. 이제는 누가 연애 고민을 들고 오면 미리 말한다. 고민은 간결하게 말해주고, 앞뒤 가리지 않고 무작정 같이 욕해줄 사람이 필요한 거라면 다른 사람을 찾으라고.

'감정 쓰레기통'이라는 말을 아는가. 상대가 자기 감정을 일방적으로 쏟아낼 때 그걸 받아들이고 있는 내 입장을 표현하는 말이다. 상대는 나와 감정적 교류를 전혀 하지 않는다. 연애 고민뿐만 아니라 힘든 일이 있을 때, 넋두리할 곳이 필요할 때, 무조건 공감해 주기를 바랄 때 나를 붙들고 감정을 토해낸다. 인간 대 인간으로 소통하는 게 아니라 나를 도구로 쓰는 것이다. 도대체 누가 감정에다가 쓰레기통이라는 단어를 갖다 붙였는지 모르겠지만 정말 기막힌 조합이다. 암만 머리를 굴려봐도 이보다 더 적절한 표현이 없다.

누군가는 싫은 소리를 안 들으면 그만 아니냐고 하지만 문제는 어떻게 해도 감정 쓰레기가 쌓일 수밖에 없다는 거다. 사회생활을 하다 보면, 아니 그냥 하루하루를 살아가다 보면, 친구와 가족, 동료나 연인과 말을 하다 보면 찌꺼기가 모인다. 이건 어쩔 수 없는 소통의 부산물이다. 이것조차 짊어지기 싫다면 인간관계를 전부 끊어내고 살아야 한다.

찌꺼기는 마음속에 차곡차곡 쌓인다. 그게 한계를 넘는 순간 인간이라는 존재가 싫어지고 만다. 말 그대로 꼴도 보기 싫고, 인간과 부대끼는 게 피곤해서 아무도 나를 모르는 곳으로 냅다 떠나 잠적하고 싶어진다.

내 안에 쌓인 부정적인 찌꺼기를 버리는 건 오롯이 내 몫이다. 비워내는 방법을 모르던 시절 내 마음은 썩어 문드러졌다. 속내를 누군가에게 털어놓는 건 미성숙하다고 생각했기 때문에 혼자 꾸역꾸역 안고 살았다. 이미 혼자 만든 감정 쓰레기만으로도 용량이 꽉 찼는데 타인의 부정적 감정이나 고민까지 오지랖으로 전부 끌어안다 보니 미어터질 수밖에 없었다. 그렇게 살면 나만 괴로워진다는 걸 몰랐다. 고약한 찌꺼기에 아득해져서 그만 나 자체를 통째로 내다 버리고 싶은 날이 셀 수 없이 많았다. 왜 그랬을까? 그냥 쓰레기통만 비우면 될 일을.

《설레지 않으면 버려라》의 저자 곤도 마리에는 '무엇을 버리느냐'가 아니라 '어떤 물건에 둘러싸여 생활하고 싶은가'가 중요하다고 말했다. 감정도 비슷하지 않을까. 어떤 감정에 둘러싸여 생활하고 싶은가. 당연히 좋은 영향을 주는 감정들이다. 그러기 위해서는 감정을 비우기 전에 무엇을 버리고, 무엇을 남겨야 할지 알아야 했다.

'나'에게 초점을 맞춰서 이 감정이 내게 도움이 되는 건지, 필요한 건지, 버려도 되는 건지 기준을 정했다. 그리고 찬찬히 분류한 다음 비웠다. 컴퓨터 휴지통을 비우는 것처럼 한 번에 몽땅 지울 수 있으면 좋겠지만 그럴 수 없으니 스스로 꾸준히 비운다. 내가 감정 쓰레기를 비우는 방법은 이렇다.

첫째, 한계에 임박했다 싶으면 모든 것들과 멀어져 혼자 있는다. 온갖 혼잡한 일에서 의도적으로 거리를 두는 거다. 혼자 책을 읽고, 영화도 보고, 노래도 듣고, 고양이들과 놀면서 시간을 보내다 보면 차분히 감정 쓰레기들을 바라볼 수 있는 상태가 된다. 이제 감정을 가려낼 준비가 된 것이다.

둘째, 감정 쓰레기를 내가 정해놓은 기준에 맞춰 분리배출한다. 이때는 감정 쓰레기들을 잘 살펴보아야 한다. 썩 기분 좋진 않지만 내게 도움이 되는 말은 재활용하고 빛 좋은 개살구처럼 보기에만 좋은 말은 미련 없이 버려야 하기 때문이다. 싫은 소리라고 다 버리고, 좋은 소리라고 다 담으면 나는 바보가 된다. 하지만 양방향 소통이 아닌 상대가 일방적으로 쏟아붓고 간 잔여물은 쳐다볼 것도 없이 쓰레기통 직행이다. 필요 없고 도움이 되지 않으며 좋은 영향을 주지도 않는다.

마지막은 내 밖에 나만의 감정 쓰레기통을 마련해 놓는

것이다. 일기를 쓰는 게 제일 효과적이다. 어떤 양식에도 얽매이지 않고 대충이라도 쓰는 버릇을 하다 보면 찌꺼기가 조금씩 사라진다. 다른 작가들은 일기도 근사한 문장으로 쓰는지 모르겠지만 나는 의식의 흐름대로 쓴다. 나만 보는 글인데 머리를 쓰든 발로 쓰든 무슨 상관이랴. 감정을 비울 수만 있다면 나는 어떤 수단도 가리지 않을 거다.

사람은 일기를 쓸 때조차 무의식적으로 누군가가 볼지도 모른다고 생각한다. 그래서 누가 봐도 괜찮은 정도로만 쓴다. 그럼 내 감정은 도대체 어디에 털어놓을 수 있을까. 일기를 쓸 때만큼은 눈치 보지 않고 누구에게도 말하지 못했던 걸 후련하게 쏟아내야 한다. 나 자신에게도 숨기고 싶은 찌질하고, 한심하고, 치졸하고, 비열한 모습까지 전부. 그래야 시원히 비울 수 있다.

내 안에서 일어나는 어지러운 감정을 정리하는 일. 뭉뚱그려진 걸 조각내는 일. 아무도 알아주지 않고, 알아줄 수도 없는, 그리고 알게 하고 싶지도 않은 감정이 문장으로 소화될 때 찌꺼기는 비워진다. 내 감정을 건강하게 소화할 수 있게 되면 타인과도 건강한 관계를 맺을 수 있다.

우리는 얽히고설키며 산다. 누군가를 감정 쓰레기통으로 여기지 않도록 주의를 하더라도 어쩔 수 없이 서로 찌꺼기를 남길 수밖에 없을 것이다. 그렇다고 그걸 당연하게 생각하지는 말자. 찌꺼기를 남기는 쪽도, 받는 쪽도.

우리가 얄팍한 선의에 다치지 않기를

하반기 전자책 인세로 6만 원이 들어왔다. 60만 원 아니고 6만 원. 공교롭게도 출판업계 종사자들과 커피를 마시던 중이었다. 내가 실성한 듯 흐흐거리며 말했다.

"나, 하반기 전자책 인세 6만 원 들어왔어요."

우리는 다 같이 웃다가, 다 같이 침묵했다.

"… 근데 이번에 종이값도 많이 올랐어요."

"진짜요? 내 인세는 6만 원인데 종이값이 올랐어? 책 더 안 팔리겠네. 와, 나 이러고 어떻게 살아."

그리고 다음 날. 근력운동할 때 신을 반스 운동화를 샀는데 6만 원쯤 나왔다. 전자책 인세와 비슷했다. 장하다, 전자

책! 그리고 구매해 주신 독자 여러분, 덕분에 제가 안정적인 자세로 날마다 건장해지고 있습니다!

요즘 나는 운동에 반쯤 미쳐있는데, 이유는 해야 할 일에 지지 않기 위해서다. 하루 종일 집에 틀어박혀 책 읽고 글만 쓰다가는 책 나오기 전에 입원부터 할 것 같아서 시작했다. 내가 중량에 질지언정 일에 질 수는 없지. 그렇게 하나씩 장비를 사다 보니 근력운동할 때 꼭 신어줘야 한다는 반스 운동화까지 사게 된 거다. 그런데 괜히 인세로 산 거 같다. 가끔 신발을 보면 '반스… 내 전자책 인세… 작가… 글… 재능… 아휴' 하는 식으로 생각이 흐른다.

한 번 시작된 생각은 꼬리를 물고 이어진다. 작가로 먹고 살 수나 있냐는 말. 작가는 글을 잘 써야 하는데 네가 그렇게 잘 쓰냐는 말. 누군가는 잘 팔리는 글을 써야 한다고, 근데 너는 아무래도 안 될 것 같다고 했다. 아무도 네 이야기는 궁금해하지 않을 테니 자기 계발서처럼 메시지가 명확한 걸 써야 한단다. 그래야 잘 팔린다나. 누구는 글을 잘 써야 된다 하고, 누구는 잘 팔리는 글을 써야 된다고 한다. 어쩌란 말이냐. 여러분들끼리 합의 보고 나한테 알려줬으면 좋겠다.

나는 작가를 꿈꾸지 않았다. 투병하며 쓴 일기가 아까워서 블로그에 올렸고, 실체 없이 온라인상에서 떠다니는 활자가 안타까워 소장할 겸 독립 출판을 했다. 그러다 정식 출간을 하게 됐고 지금 이 책까지 쓰고 있는 거다. 정신 차려 보니 매일 책을 읽고 머리 싸매며 글을 쓰는 게 직업이 됐다. 이렇게 얼렁뚱땅 작가가 돼서 그런가, 주변에서 한마디씩 얹었는데 정리해 보면 이렇다.

"너를 위해서 하는 말이니까 상처받지 말고 들어. 작가가 평생의 꿈인 사람들 진짜 많거든? 근데 너는 간절함이 없어. 주변에 쓴소리하는 사람도 없고 열심히 사는 사람도 없어서 그런가. 그냥 재능 믿고 까부는 거 같아."

잠시 할 말을 잃었다. 내 귀에 박힌 정보를 처리하는 데 시간이 걸렸다. 내가 제대로 들은 게 맞나. 지금 내 주변에 열심히 사는 사람이 없다고 말한 게 맞나. 그 와중에 '재능 믿고 까분다'는 말은 기분 좋았다. 재능은 있다는 소리잖아? 낄낄.

그때는 말 한마디 한마디에 신경 쓸 여유가 없어서 대충 걸러 들었다. 재능 있다는 소리만 머리에 입력하고 말았는데 어느 날 뜬금없이 화가 났다. 나는 그렇다 치고, 애꿎은 주변 사람들은 왜 끌고 온 거지. 내 주변에 어떤 사람들이 있고 어떻게 사는지도 모르면서, 무슨 권리로 그들을 판단한단 말인가?

이해해 보려 애썼다. 아마 내가 좀 더 열심히 하길 바랐거나 다른 직업을 가졌으면 하는 마음일지도 모른다. 그러나 이 다정하되 배려 없는, 얄팍한 선의가 노골적인 비난보다 무자비했다.

차라리 대놓고 무안을 주거나 비난을 하면 듣는 입장에서 선택이라도 할 수 있다. '뭔 소리야' 하며 코나 파든가 '그건 네 생각이고'라며 상대가 던지는 돌을 튕겨낼 수라도 있다. 그러나 '너를 생각하는 마음'으로 포장된 말은 왠지 유익한 조언을 해줄 것만 같아서 잠자코 듣게 된다. 그런데 곱씹어 보면 결국 자기 기준에 맞춰 평가한 것뿐이다. 진심 어린 조언은 그런 식으로 무례하게 찾아오지 않는다.

그들의 말을 들어보면 어떤 부분은 일리가 있다. 나를 생각해서 하는 말이라는 것도 어느 정도는 진심으로 봐줄 수 있다. 하지만 그렇게 나를 생각한다면 표현 방식에 조금 더 신경을 쓸 수 있는 거 아닌가. 같은 말이라도 아 다르고 어 다르다는데. '상처받지 말라'는 대목부터 나는 이미 상처받았는걸.

아픈 말은 마음에 오래 남아 벌컥 떠오르곤 한다. 누군가 갑작스레 당신에게 너는 왜 사냐고 삶에 회의를 가지게 할 수도 있다. 쓸모를 증명해 내라고 할 수도 있다. 왜 이것밖에 해내지 못하냐고 다그칠 수도 있다. 여태 네가 한 건 아무것도 아니라고 성과를 짓밟을 수도 있다. 놀랍게도 이런 일에는 대단한 악의가 필요하지 않다. 심지어 말의 바탕에는 '다 너 잘되라고 하는 소리' 같은 선의가 서려있다고 말한다. 하지만 우리는 그 얄팍한 선의에 너무 자주 다친다.

자신감이 바닥으로 떨어지면 스스로 의심하게 된다. 나를 의심하는 순간 일상은 위태로워지고 만다. 현실감과 판단력이 떨어져 선택도, 행동도 어려워진다. 결국 아무것도 하지 못하는 상태가 된다. 하루하루 시들어 가는 자신을 보는 것도 또 다른 고통이다. 자기 주도권을 타인에게 내어줄 게 아니라면 여기서 의심을 멈추어야 한다. 쉽지 않지만 자신을 지킬 방법을 강구해야 한다. 그것도 아주 필사적으로.

뇌 과학자 앨릭스 코브의 말에 따르면 감정은 긍정적인 것보다 부정적인 것에 더 쉽게 반응한다. 그래서 아픈 말이 벌컥 떠오르면 마음이 어지러워지는 거다. 내가 약해서가 아니라 인간이 그렇게 진화해 왔기 때문이다. 여기서 빠져나오려면 자각이 필요하다. 내 생각과 선택에 의심과 불신, 불안을 느끼고 있다는 걸 우선 인정하고, 상황을 객관적으로 볼 수 있는 믿을 만한 이들에게 도움을 구해야 한다. 혼란스러운 나보다 그들의 눈이 더 명료하다. 타인의 시선으로 상황을 바라볼 때 여태까지 보이지 않았던 게 보인다.

나는 정말 내가 쓰레기를 쓰는 줄 알았고, 내 노력이 아무것도 아닌 줄 알았다. 내가 게으른 인간인 줄 알았고, 한 줌도 안 되는 재능을 믿고 까분 줄 알았다. 그러나 내 글은 생각만큼 쓰레기가 아니었고, 나는 내 생각보다 더 노력하고 있었다. 낮에는 운동하고 책을 읽고, 밤과 새벽에 글을 쓰는 나는 생각보다 훨씬 부지런했다.

살면서 마음이 다치지 않을 수는 없다. 얄팍한 선의가 우리를 자주 아프게 할 것이다. 가족, 친척, 친구, 연인, 지인, 상사, 동료, 낯선 이들까지 포함해 사람과 사람은 평생토록 얽히고 부딪치고 깨진다. 그때마다 서로 조금씩 깎여나가고, 부서지고, 조각난다.

부딪치면서 다치는 건 어쩔 수 없다. 하지만 자기 의심에 빠져 스스로 상처를 더 후벼파는 일만은 하지 않기를 바란다. 마음이 다치면 나를 보듬어주었던 말을 되씹으며 나를 지켜야 한다.

누군가 말 한마디로 나를 무너뜨리면, 나는 나를 일으켜 준 말들을 헤아린다. 내가 잘하고 있는 건지 의심이 들 때는 "병도 이겨냈는데 수연이는 뭘 해도 잘 할 거야"라던 주치의 교수님의 말을, 스스로 글이라는 걸 쓸 깜냥이 안 되는 것 같을 때는 "용기 내지 마. 그냥 생각 없이 해. 하다 보면 그럴 힘이 생겨"라고 묵직하게 위로해 준 만화 작가 김세영 선생님의 말을 떠올린다.

이렇게 살아도 되나 싶을 때는 네가 살아 숨 쉬는 것만으로도 행복이라던 부모님의 말을, 나는 뭐 하나 제대로 할 수 있는 게 있을까 의심스러울 때는 오히려 자신에게 귀한 기회를 줘서 고맙다고 편지를 써 준 조혈모세포 공여자를 떠올린다.

간절함도 없이 감히 작가를 직업으로 삼아도 되나 싶을 때는 사르트르의 말을 떠올린다. 작가가 되는 것은 '어떤 것'을 말하기를 선택했기 때문이 아니라 그것을 '어떤 방법'으로 말하기를 선택했기 때문이라고. 작가를 희망한 적은 없지만 보고 듣고 느낀 것, 의미와 가치를 표현하는 방법으로 글쓰기를 선택한 건 맞으니까. 그리고 독자님들이 준 편지, 책 후기, 내게 건넨 따스한 말도 전부 톺아보며 자기 의심에서 빠져나온다.

이들의 말에는 사랑과 배려, 존중이 녹아있다. 그래서 말 한마디 한마디가 명징하게 다가온다. 이 명징함은 나를 비추는 거울이고, 태양이고, 북극성이다. 나는 매일 그들이 내 삶 곳곳에 심어놓은 말 한마디를 빛 삼아, 이정표 삼아 바지런히 걷는다.

나를 무너뜨린 말을 곱씹기 전에 나를 일으킨 말을 먼저 떠올릴 것이다. 말 한마디로 무너지는 게 사람이라면, 말 한마디로 살아갈 수도 있을 테니까.

누군가 말 한마디로 나를 무너뜨리면,
나는 나를 일으켜준 말들을 헤아린다.

말 한마디로 무너지는 게 사람이라면,
말 한마디로 살아갈 수도 있을 테니까.

"우리 과에 어떤 여자 후배가 있는데, 연락처에 남자친구만 남기고 다 지웠대. 군대 가는 남자친구가 걱정할까 봐. 개 진짜 착하지?"

이제는 이름도 가물거리는 남자가 말했다. 그래서, 뭐, 어쩌라는 거지. 연락처야 백업해 두면 그만 아닌가? 그러거나 말거나 나랑 별 상관없으니 "아, 그래?"라고 대꾸하고 말았다. 그랬더니 그놈 왈,

"너도 이제 복학하잖아. 나 걱정 안 하게 후배처럼 해주면 안 돼?"

나는 순식간에 기분이 나빠졌다. 어, 이유는 모르겠는데

되게 불쾌하네. 근데 왜 불쾌할까? 도통 설명할 길이 없었다. 언어화가 안 되는 감정을 이리저리 굴리면서 생각했다. 내가 못돼 먹어서 해주기 싫은 건가? 아니면 다른 여자랑 비교해서 기분이 나쁜 건가? 어쨌든 대답은 해야지.

"흠, 싫은데. 오빠가 걱정을 안 하면 되지 않을까?"

"아니, 그게 아니라…. 나를 배려해 달라는 거지. 어려운 거 아니잖아. 나보다 다른 남자가 더 소중해?"

물론 네가 더 소중하…기는 개뿔, 내가 못돼 먹어서 해주기 싫은 것도, 다른 여자랑 비교를 해서 기분이 나쁜 것도 아니었다. 그는 자기 입맛대로 나를 통제하려고 했고 나는 본능적으로 그걸 느꼈기 때문에 불쾌한 거였다. '다른 남자 만날까 봐'는 핑계고 '여자 후배'는 수단이었다. 대뜸 전화해서 과 후배를 칭찬한 목적이 여기에 있었던 것이다.

혹시나 다른 남자를 만날지도 모를 가능성을 없애기 위해서 여자친구의 인간관계를 차단하겠다는 목적. 추가로 '다른 여자도 그렇게 하는데, 너도 나를 좋아한다면 (인간관계를 끊어내는 것으로) 배려해 줄 거지?'라고 죄책감과 압박을 동시에 심어버리는 치밀함까지. 어리고 순진했던 나는 정확히 맥을 짚지는 못했지만 다행히 불쾌함은 제대로 인지했다.

"내 인간관계를 끊는 게 오빠를 위한 배려라면 난 안 해.

그냥 그 후배 같은 여자를 만나든가."

그 뒤로 오래 지나지 않아 헤어졌다. 왜 헤어졌는지는 기억도 안 나는데 이 일만큼은 어째서 잊히질 않을까. 아마 불가침 영역을 건드렸기 때문일 것이다. 관계의 애정도를 희생과 헌신으로 증명하라고 요구하다니, 선을 넘어도 한참 넘었다.

한 살씩 나이를 먹으면서 알게 된 건 이런 유형의 사람이 다양한 관계에 포진하고 있다는 사실이다. 부모, 자식, 형제, 연인, 선후배, 동료, 친구 등. 모든 인간관계에서 우리는 가해자나 피해자가 될 수 있었다. 희생과 헌신을 노골적으로 요구하며 상대의 마음을 확인하고자 하는 것. 이건 심리적 지배인 가스라이팅에 포함된다.

어떤 요구는 부담을 넘어 폭력으로 느껴진다. 누가 들어도 경악할 만한 요구에도 피해자가 단호하게 거절하지 못하는 경우도 있다. 거절하는 자신이 '나쁜 사람' 혹은 '인정머리 없는 사람'처럼 느껴지기 때문이다. 물론 그렇게 느끼게 만든 건 가스라이팅을 일삼는 가해자다.

'너는 너만 생각하는구나', '네가 정말 나를 생각한다면 이 정도는 해줄 수 있잖아', '실망이다. 남들은 다 해주는데', '나 아니면 누가 너를 사랑해?', '당연한 거 아니야? 그것도 몰라?', '네가 뭘 알아. 내 말이 맞아', '착각하지 마. 너 보잘것없어' 어쩌고저쩌고, 왈왈.

그렇게 피해자의 자존과 자신감은 뿌리째 갉아 먹힌다. 사람의 정신이 피폐해지는 데는 그리 대단한 이유가 필요하지 않다. 그렇다면 우리는 물음표를 던져야 한다. 분명 불쾌하고 불편한데, 그 대상을 매몰차게 끊어낼 수 없는 이유는 무엇일까? 정신분석가 로빈 스턴은《그것은 사랑이 아니다》에서 이렇게 말한다. 헤어지는 건 실패를 인정하는 것처럼 여겨지지만, 관계를 유지하는 건 문제를 해결할 기회로 느껴지기 때문이라고. 결국 나 자신과 이제까지 살아온 삶을 부정할 수 없다는 두려움이 문제다.

내 선택이 틀리지 않았다는 걸 확인하려면 상대와 문제를 해결해야 한다. 하지만 상대를 바꾸기란 쉽지 않다. 그래서 불쾌한 이 상황을 벗어나고 싶다는 생각과 감정에 주의를 기울이는 대신, 자신을 바꾸려 들기 시작한다. 내가 조금만 더 노력하면, 내가 더 잘하면, 내가 조금만 참고 양보하면 다 괜찮을 거라 기대하는 것이다. 그래서 연을 끊기가 쉽지 않다. 상대를 너무 좋아하고 사랑해서가 아니라, 내 선택이 옳았다는 걸 스스로 증명하려는 마음이다. 그러나 꾸역꾸역 삼킨 화는 엉뚱한 방향으로 튀고 만다. 나 자신, 혹은 나보다 더

약자에게로 향한다.

자신의 감정을 무작정 표출하는 것보다 감정을 숙고하며 평정을 찾으려는 노력은 분명 중요하다. 감정이 앞설 때는 대개 현명하지 못한 선택을 내릴 확률이 높고, 선택의 파장 또한 예측할 수 없으니까.

하지만 내가 반드시 좋은 사람이어야 할 필요는 없다. 착한 사람이 될 필요도, 헌신적인 사람이 될 필요도 없다. 굳이 애쓰지 않아도 된다는 것이다. 오히려 어떨 때는 조금 더 이기적이어야 할 필요가 있다. 내 상황과 감정 먼저 보살필 줄 알아야 한다는 의미다. 내 마음과 삶을 통제하고, 구속하고, 억압하고, 지배하려는 자에게서 벗어나지 않는다면 결국 나는 껍데기만 남은 인형이 되고 말 것이다.

내게 고민을 털어놨던 이들도 그랬다. 자신이 얼마나 빛나고 멋진 사람인지 전혀 모르고 있었다. 아니, 모르는 정도가 아니라 부정했다. 내가 빈말하지 않는다는 걸 알면서도 "너 절대 그렇지 않아. 너는 네 생각보다 강하고 멋진 사람이야"라고 하는 말을 믿지 않았다. 그들은 스스로 인정하려 하지 않았다. 오히려 "너는 나를 몰라. 나 그런 사람 아니야. 네가 오해하고 있어"와 같이 대답했다. 옆에서 지켜보는 사람만 복장이 터진다.

나한테는 소중한 사람들인데 그들이 스스로 질 낮은 대우를 받아 마땅하다고 여기는 게 정말 싫었다. 뭘 어떻게 해야 네가 내 말을 믿을까. 네가 걸어온 길, 성취한 일들, 버텨낸 경험들을 네 눈이 아니라 내 눈으로 보게 할 수 있다면 얼마나 좋을까. 그럴 수만 있다면 너도 너를 알아볼 텐데. 네가 얼마나 대단하고 멋진 사람인지를.

그래서 그들을 만날 때 한 번씩 인형을 가지고 나갔다. 인형을 맞은편에 앉혀놓고 말했다.

“네가 그 사람들한테 평소에 듣는 말을 저 인형한테 해봐. 그리고 네가 자책할 때 하는 말도.”

모두 쉽게 입을 떼지 못했다. 정 어려우면 종이에 쓴 다음 읽어보라고, 그리고 인형을 쳐다보면서 다시 말해보라고 했다. 누구는 울면서, 누구는 웃으며 말했다.

“아, 이제 좀 알겠다. 내가 이러고 살았다니.”

자신이 평소에 들었던 말과 스스로 했던 생각을 인형한테 쏟아내면서 자기 객관화를 하게 된 거다. 사실 이 방법은 영국 드라마 〈마이 매드 팻 다이어리〉에 나온 내용을 흉내 낸 거다. 자존감이 낮은 주인공 레이는 “저는 정말 끔찍한 사람이에요”, “전 미쳤어요”라는 등의 자기 비하를 일삼는 인물이다. 상담사는 레이에게 빈 소파를 보면서 저기에 어린 시절의 네가 앉아있다고 생각하고 그 말을 똑같이 해보라는 처방을 내린다. 레이는 하지 않겠다고, 하기 싫다고 말한다. 레이도 그때 깨닫는다. 여태 자신에게 얼마나 아픈 가시를 쏟아부었는지를.

누군가 나를 줄기차게 깎아내려서 나에게 좋은 면이라고는 하나도 남지 않은 것처럼 느껴질 수 있다. 이런 나를 받아주고 인정해 주는 곳, 사랑해 주고 믿어주는 곳이 여기밖에 없어 보인다면 그것은 분명히 잘못된 믿음이다. 로빈 스턴의 말을 빌리자면 가스라이팅에서 벗어나는 방법은 자신이 이미 좋은 사람이고 유능한 사람이라는 걸 아는 것이다.

깎여나간 사람 곁에는 따뜻한 말을 해주는 사람이 있어야 한다. 나만을 오롯이 사랑해 주는 동물과 함께여도 좋다. 아무것도 없다면 매일 좋은 문장을 나에게 읽어주자. 그게 쑥스럽다면 옆이나 맞은편에 인형을 두고 읽어주기라도 하자. 기계적으로 말고 진심을 다해서. 너는 네 생각보다 훨씬 괜찮은 사람이고, 능력 있고, 건강한 사랑을 줄 수 있고 또한 받을 수도 있는 사람이라고 말이다.

인간의 인간다움은 독자적으로 사고하고 행동하며 선택할 줄 아는 데서 나온다. 그래서 가스라이팅이 비겁하고 졸렬한 것이다. 자신이 원하는 방향으로 상대를 심리적으로 교

묘히 조종, 지배하려는 건 결국 상대의 인격을 말살하겠다는 의지다.

그게 어떤 관계든 얼마나 좋게 포장하든, 그것은 사랑이 아니다.

SNS를 둘러보다가 광고 하나를 봤다. 20대에 무자본으로 경제적 자유를 얻었다는 사람이었다. 오, 굉장히 솔깃하고 부럽군. 들어가 봤더니 자신의 지식을 전자책으로 만들어 판매한 게 대박을 터뜨렸단다. … 잠깐만, 전자책이라니. 얼마 전에 반스 운동화를 살 수 있게 해준 그 전자책? 내 전자책이 6만 원을 버는 동안 누군가는 경제적 자유를 얻은 거다. 전자책과 경제적 자유, 이 두 단어가 함께 쓰일 수 있는 거였구나. 이건 부러운 수준이 아니다. 충격이다.

별안간 경제적 구속을 당하는 기분이 들었다. 남의 성공 사례 하나 봤을 뿐인데 원고를 볼 때마다 '너는 경제적 자유… 나는 경제적 구속… 너는 거기 있고… 나 여기 있지…' 이따위 생각이 들었다. 그러다 얼마 후에 타인의 하이라이트와 나의 비하인드를 비교하지 말라는 글을 보았다. 이 말에 공감하면서도 의문이 들었다. 나는 왜 남들만큼 자랑스럽게 전시할 하이라이트 신이 없지? 물론 나도 우발적으로 하이라이트가 생길 때가 있지만 남들만큼 빈도가 높진 않잖아?

그렇게 손가락을 계속 내리고 올리고 또 넘기다가 언뜻 생각했다. 이렇게 아무 생각 없이 오랫동안 타인의 하이라이트를 감상했으니 상대적으로 내 하이라이트가 빈곤해지는 건 당연한 게 아닐까. 나는 내 삶만 경험할 수 있지만 SNS에서는 지구촌 인간들의 온갖 즐거움과 호화찬란한 모습을 볼 수 있으니까. 옛날에는 비교 대상이 부모님 친구의 딸, 아들이 전부였지만 이제는 온 세상 사람들과 나를 비교할 수 있게 됐다. 비교군이 넓어진 만큼 삶의 기준이 너무나 쉽게, 그리고 자주 흔들리고 만다.

삶의 기준을 타인에게 두면 괴로워질 수밖에 없다. 비교 대상이 생기는 순간 절대적 가치는 상대적 가치로 변한다. 나는 남에 비해 빠르거나 늦을 수 있다. 많이 가졌을 수도, 적게 가졌을 수도 있다. 어떤 일을 더 잘하거나 못하기도 한다. 누구나 그렇다. 하지만 자신과 타인의 삶을 비교하면 우울이나 질투, 자괴감이나 박탈감 같은 감정이 따라온다. 타인에게 저당 잡힌 기준에 따라 내 존재감은 쪼그라들거나 비대해진다. 자신의 가치가 너무 쉽게 높아지거나 낮아지는 것이다.

비교하는 삶은 수직이다. 수직인 삶은 사다리에 올라서서 죽을 때까지 내 위에 누가 존재한다는 사실에 고통받고, 내가 누군가보다 우위에 있다는 교만을 갖게 한다. 나는 그렇게 살고 싶지 않다. 평생 사다리를 오르내리며 남과 나를 비교하고 스스로 채찍질하며 살기에는 내게 주어진 시간이 너무나 아깝다.

남과 나를 비교하는 게 세상에서 제일 무용한 행위라는 걸 안 순간부터 손가락으로 자학하는 걸 관뒀다. 그럴 시간에 고양이 한 번 더 쓰다듬어 주고 바다를 보며 멍하니 있는 게 정신 건강에 더 좋다. 너는 경제적 자유, 나는 경제적 구속 염불을 외울 시간에 글 한 자라도 더 쓰는 게 낫다는 것은 두말하면 잔소리다.

그렇다고 남들에게 아무런 자극을 받지 않는 건 아니다. 내 상황이 좋지 않을 때는 부정적인 감정이 들기도 한다. 그러면 스스로 사다리에 발을 올리고 있다는 걸 인지한 뒤, 다시 내려온다. 수많은 지식인들이 말했듯 타인과의 비교를 덜

하는 게 내 마음을 지키는 방법이다. 서로를 비교하며 밟고 올라가려고 애써서 좋을 게 뭐가 있을까? 높은 곳까지 올라갈 수 있을지는 몰라도 그게 곧 행복을 뜻하진 않는다. 타인을 깎아내려서 가짜 우월감을 취하는 것과 허영과 허세로 자신을 포장하는 것이 제일 바보 같은 일이라는 걸 안다. 허울뿐인 우월감과 허세에 존재감을 의탁한다면 나는 필연적으로 추락할 것이다.

우리는 서로의 존엄과 가치를 비교하기 위한 대상으로 존재해선 안 된다. 그러니 내가 타인의 삶에 몰두하고 있다는 생각이 들면 의도적으로 헤어 나와야 한다. 지구촌의 모든 인간들과 경쟁하다가는 결국 혼자 무너지게 될 테니까. 그러니 내 전자책아, 기죽지 마라. 너는 운동화가 되어 근육성장에 도움을 주고 있지 않느냐. 그걸로 됐다….

연비여천 어약우연鳶飛戾天 魚躍于淵이라는 말이 있다. 솔개는 하늘을 날고 물고기는 물에서 뛰노는 게 자연의 법칙. 물고기로 태어난 내가 솔개를 따라 한답시고 어디서 뛰어내리면 추락사밖에 더할까. 솔개로 태어난 내가 헤엄치겠다고 물로 뛰어들면 익사밖에 더할까.

우리, 삶의 기준점을 타인에게 두지 않기로 하자. 타인의 속도와 삶의 방식에 나를 맞추지 말고 내 몸과 마음을 보살

피자. 그렇게 내 시간을 우직하게 살자. 옆에서 날아다니든 기어다니든 헤엄치든 상관없이 말이다.

나는 내 방식대로, 나만의 길을 가는 게 장땡이다.

지구는 둥그니까 자꾸 걸어나가면

정말 어릴 때 사귄 친구는 평생 친구고, 사회에서 만난 친구들과는 깊이 친해지기 어려울까? 내가 중학교를 자퇴했다는 걸 알면 사람들은 친구가 없어서 어쩌냐고, 학창 시절의 추억이 없어서 아쉽겠다고 한다. 그리고 나를 안타깝게 쳐다본다. 글쎄, 초등학생 때 추억을 푸지게 쌓아서 그런지 아쉬운 건 없다. 게다가 제주는 좁아서 네 친구가 내 친구고, 내 친구가 네 친구다.

그뿐인가. 나이를 먹을수록 세상 참 좁다는 사실에 적잖이 놀란다. 지구가 반으로 접힌다 해도 절대 마주치지 않을 것 같은 두 사람이 어쩌다 만났다. 그런데 그들 사이에는 공통점이 있었다. 바로 하수연이라는 지인이 있다는 것이다. 나는 다수보다 소수를, 소수보다는 혼자 있는 걸 좋아해서 인맥이 좁은 편인데도 이런 일이 생긴다.

신기하다며 웃는 그들 사이에서 나는 슬퍼졌다. 세상은 넓다는 환상이 와장창 깨졌기 때문이다. 아무래도 동요 가사가 맞는 것 같다. 지구는 둥그니까 자꾸 걸어나가면 정말 온 세상 사람들과 친구가 될 수도 있겠다는 생각이 든다.

내 곁에는 마음과 의견을 편하게 나눌 수 있는 이들이 있다. 물론 소수다. 그들 대부분은 사회에서 만났고 자주 보는 것도 아니다. 일 년에 한 번 볼까 말까 한데도 오랜만에 만나면 마음이 그득해진다. 10년을 알고 지낸 사람에게도 드러낼 수 없는 면을 어제 알게 된 사람에게는 꾸밈없이 보이게 될 때도 있다. 그래서 관계라는 게 흥미롭다.

쉴 새 없이 연락을 주고받고 주기적으로 만나야만 친해질 수 있는 건 아니다. 한 번의 만남, 단 10분 동안의 마주침이어도 서로 얼마나 진심으로 소통했느냐가 깊이를 만든다. 결국 사람의 마음은 세월이나 빈도보다 깊이와 진심에 열린다.

상대의 외모나 유명세에 끌리기보다 인간 대 인간으로 마주해서 대화다운 대화를 나눌 때, 나는 우리가 진심으로 교류하고 있다고 느낀다. 관계가 깊어질수록, 서로가 서로에게 열어 보일수록 관계의 즐거움이 더해진다. 나는 너에게로 나아가고 너는 나에게로 다가온다. 우리는 서로 메우고 보완하며 때로는 모난 곳을 갈아주기도 한다. 그렇게 새로운 너와 나가 되는 일. 그게 바로 관계를 맺는 즐거움이었다.

이전에는 이 즐거움을 왜 몰랐을까? 내가 미리 마음을 닫아버렸기 때문일까? 그것만은 아닐 거다. 어쩌면 '학생 때 친구가 평생 친구'라는 문장이 전두엽 어딘가에 각인됐기 때문일지도 모르겠다. 냉소적인 태도로 타인을 대하는 건 삶의 일부분을 흑백으로 만드는 일이라는 걸 몰랐다. 타인과 어울려 시시콜콜한 잡담도 하고, 울기도 하고, 때로는 어떤 주제를 두고 침 튀기는 토론도 하면서 내 세계가 알록달록해질 수도 있다는 걸 간과했다.

그렇다고 해서 만나는 사람마다 깊은 관계를 만들려고 노력해야 할까? 그렇지는 않다. 타인을 반드시 사랑할 필요는 없다. 하지만 내게 타인의 존재가 없어서는 안 되며, 그들이 있기에 나 또한 존재할 수 있다는 사실을 잊어서는 안 된다.

너와 내가 비슷하다면 동질성을 만끽하면 되고, 다르다면 두 세계가 충돌하며 튀는 조각을 양분 삼아 내 세계를 확장시키면 되는 거였다. 서로의 차이를 설명하고 이해하는 과정은 불쾌한 게 아니라 오히려 유쾌한 거였다. 생각해 보면 관계는 차이의 문턱을 넘어 타인의 삶을 들여다볼 때 더욱 끈끈해지지 않던가. 의견이 다르다고 미련 없이 뒤돌던 나는 이제야 차이가 주는 즐거움을 알아가고 있다.

정현종 시인의 시 〈방문객〉을 좋아한다. 사람이 온다는 건 그의 과거와 현재, 그리고 미래가 함께 오기 때문에 실로 어마어마한 일이라고. 누군가를 마주한다는 건, 그의 일생을 마주하는 일이라는 문장을 마음에 담는다. 언제, 어디서, 어떻게 만났든 우리가 진솔하게 소통한다면 친구가 될 수 있을 것이다. 나는 할 수 있는 만큼 깊이와 진심을 다하고 싶다. 그렇게 살고 싶다.

사람의 마음은 세월이나 빈도보다
깊이와 진심에 열린다.

◎◎◎

언제, 어디서, 어떻게 만났든
우리가 진솔하게 소통한다면
친구가 될 수 있다.

그날 우리가 취한 이유

어떤 모임에 가서 앉아있으면 모두가 집단적 독백을 하고 있다는 생각을 가끔 한다. 한 사람도 빠짐없이 떠들고 있으나 소통은 이루어지지 않는 현장. 제대로 듣는 이는 없고 말하는 이들만 있는 곳. 같은 공간에서 같은 시간을 보내며 즐겁게 웃고 떠든다. 서로에게 필요할 것 같은 말을 하고, 듣고 싶어 할 만한 말을 골라서 한다. 달콤하기만 한 문장의 나열은 공허하다. 그렇게 덧없이 흩어지면 그뿐이다. 그렇다고 그게 나쁜 걸까? 그렇지 않다. 아무 생각 없이 만남 자체를 즐겨야 할 때도 있다. 하지만 모든 만남과 대화가 아무것도 생성하지 못한 채로 끝난다면 인간관계에 회의를 느낄 게 분명하다.

만남에는 여러 결이 있다. 공허하거나 얼른 집에 가고 싶을 때도 있고, 밤새 떠들어도 체력이 남아돌기도 한다. 내가 내향성이 도드라지는 인간이라서 얼른 집에 가고 싶은 걸까? 꼭 그렇지도 않다. 밤새서 놀 때는 상대가 유쾌하기 때문일까? 그것도 아니다. 그럼 잠을 잊을 만큼 잘생겼나? 물론 아니다.

내 마음을 허전하게도, 충만하게도 만들 수 있는 어떤 것. 그 차이를 만들어 내는 것은 무엇일까? 그걸 알아낸다면 앞으로는 약속이 끝나고 집으로 가는 길이 공허하거나 씁쓸하지 않을 수 있을 것 같았다.

오랫동안 생각했다. 대화란 무엇인가. 사전에는 너와 내가 마주해서 이야기를 주고받는 거라고 나와있다. 하지만 이것만으로는 대화 후에 밀려오는 공허함이 설명되지 않는다. 그렇다면 한층 더 깊게 생각해 봐야 한다. 대화를 하고 있되 하고 있지 않은, 말하자면 대화다운 대화가 아니었던 게 아닐까.

언젠가 친구들과 술을 실컷 마시며 인권과 동물권, 채식, 페미니즘, 삶과 죽음, 육체와 정신의 고통 등을 주제로 밤새 이야기를 나눈 적이 있다. 우리는 항상 시답지 않은 이야기로 웃고 떠들다 헤어지곤 했는데 그날따라 이상하게 별 얘기를 다 했다. 왜지, 나이를 먹어서인가.

주제만 보면 너도나도 목에 핏대를 세우며 열변을 토했을 것 같지만 우리는 전혀 심각하지 않았다. 발랄하고 생기가 넘쳤으며 활력이 돋았다. 심지어 죽음을 이야기할 때마저도. 그날 나는 모두가 대화에 열렬히 참여하고 있다는 걸 느꼈고, 마음이 충만해졌다. 그날 2030 청년들은 술이 아니라 대화에 취했다.

대화다운 대화를 하고 나면 무언가가 남는다. 예컨대 새로운 지식과 관점, 가치관의 확장이나 변화, 존재의 각성, 깊은 공감과 위로 같은 것들이 상대를 흔들고 또 나를 흔든다. 대화는 단순히 이야기를 주고받는 데서 끝나지 않는다. 같이 참여하고 경청하며, 질문하고 답하고 또다시 질문하면서 우리는 자신과 타인의 존재를 의식한다. 그때 진정으로 대화다운 대화를 나누고 있다고 느끼는 것이다.

너와 싸우려는 게 아니라 너의 시선이 궁금한 것. 서로의 입장과 의견을 주고받는 그 충돌 속에서 각자의 세계가 흔들리고 재구성되는 것. 그게 나를 충만하게 만드는 대화의 '무엇'이었다.

서로의 기분을 살피고 격식을 차리는 대화도, 머리를 비우고 즐기는 시간도 필요하지만 기꺼이 부딪쳐 보는 용기의 대화도 필요하다. 성급하게 판단하기보다 저들 또한 삶의 파도에 몸을 맡기고 살아가고 있다는 동질감과 여러모로 나와 다를 수밖에 없는 이질감 사이를 오가며 대화다운 대화를 할 때 삶의 지평을 넓혀갈 수 있다.

나는 집단적 독백의 현장도 좋아하지만, 서로를 탐구하고 내밀하게 접선하는 순간을 더 좋아한다. 충돌 속에서 파편이 튀어도 이제는 상처로 남기지 않고 내 삶에 덧붙이는 재미를 알아가고 있다. 기꺼이 부딪혀 보는 용기의 대화. 이거 참 매력 있다.

인연은 소멸과 생성을 반복한다

모든 건 변하는구나.

결혼한 친구들 사이에서 겉돌다 떠오른 생각이었다. 친구들은 배우자, 아이들, 양쪽의 집안 사정, 육아, 집안일, 크고 작은 다툼, 각종 어려운 선택을 두고 심각하게 이야기를 나눴다. 나는 청중이다. 그 기분이 썩 나쁘진 않다. 어쨌든 친구들이 요즘 어떻게 사는지 알 수 있고, 얼굴 한번 보려고 만난 거니까. 그렇다고 재밌진 않다. 나는 그들의 고민과 걱정에 크게 공감할 수 없고, 말을 얹기도 어렵다. 미혼인 내가 뭘 안다고. 그래서 다큐멘터리 보는 느낌으로 조용히 앉아있다. 불편한 건 딱 한 가지다. 편하게 드러누울 수 없다는 것.

결혼한 친구들과 만나는 횟수는 줄어들고 결국 인연은 소멸한다. 우리가 더 이상 만나지 않는다고 소멸에 비유하는 게 맞을까? 그럼에도 나는 관계의 어떤 성질이 소멸했다고 느낀다. 교집합이었던 부분이 조금씩 좁아지다가 마침내 분리되는 것처럼, 우리 사이에 있던 걸쇠가 풀린다. 관계를 연결해 주던 어떤 속성이 없어지는 거다. 이제 우리는 서로에게 과거가 된다. 좋은 시기에 만나 즐겁게 놀았던, 괜찮은 친구로 남는다.

그렇다면 생성이란, 몰랐던 이를 새롭게 아는 것은 물론이고 원래 알고 있던 사람이지만 관계 속에서 새로운 성질이 생긴 것으로도 볼 수 있다. 친하지 않은 지인이 갑자기 전화를 해서 길고양이를 구조했는데 어떻게 해야 하느냐고 묻던 날, 우리의 관계에 변화가 일었다. 지인과는 서로 연락처를 알고 SNS 친구였을 뿐 이렇다 할 대화를 한 적이 없었다. 그런데 그가 길고양이를 구조한 뒤에 불현듯 나를 떠올린 건, 내가 고양이와 함께 지내고 있는 걸 SNS에서 봤기 때문이었다. 그 뒤로 우리는 안부를 묻는 사이가 되었다.

이렇게 관계 속에 새로운 속성이 생기는 걸 생성이라고 본다면 우리들은 얼마든지 새로운 관계를 만들어 나갈 수 있다. 나와 가치관이 다르다는 이유로 멀리했던 사람을 배제하지 않고 다른 관점으로 본다면 거기에서도 새로운 속성이 생겨날 수도 있는 것이다.

소멸과 생성은 비례하지 않는다. 한 명이 떠났는데 수십 명이 다가올 수도 있으며, 수십 명이 떠났지만 단 한 명이 다가올 수도 있다. 우리는 그 불공평함에 불만을 토할 수 없다. 노력은 해볼 수 있겠으나 인연은 변하는 삶을 따라 같이 흘러가는 것이다. 흐르는 물을 손으로 쥐어본들 무슨 소용이 있을까. 잡히는 건 물이 나를 스쳐 지나간 흔적뿐인데.

그러니 떠나가는 인연에 너무 슬퍼 말자. 그렇게 될 일이었다. 만약 우리 사이에 어떤 속성이 생성될 가능성이 있다면 그건 시간에게 맡겨야 할 일이다. 지금 당장 내가 움켜쥘 수 있는 건 아무것도 없다.

다만 마주치는 인연은 환영하고, 몰랐던 면을 새롭게 알게 됐을 때는 기뻐하자. 우리가 알게 된 것도 인연이며 멀리 있던 너와 가까워진 것도 인연이다. 오만 것에 의미를 부여해도 좋다.

인연은 계절 같아서 때가 되면 떠나지만, 곧 다른 계절이 찾아온다. 그렇게 우리는 서로 순환한다.

기분이 태도가 되지 않게

몇 년 만에 대학교 동기 언니한테 연락이 왔다. 어쩌다가 네 소식을 접하고 책까지 봤는데 투병하느라 정말 고생했다고, 앞으로 건강히 잘 지내라는 메시지였다. 우리 사이에 안부 인사를 이렇게 끝낼 순 없지. 그렇게 오랜만에 통화를 했다.

"언니, 그때 기억나요? 내 몸에 멍이 너무 많으니까 언니가 옆에서 보고 백혈병 아니냐고, 멍이 왜 그렇게 많냐 그랬잖아요."

"기억나지, 그럼. 내가 괜히 그런 말을 해서 네가 아팠나 싶어서 마음이 안 좋더라."

"잉? 그땐 이미 중증이었구만, 뭘."

"그래도…. 말이 씨가 된다고, 그 뒤에 투병했다고 하니까 미안하더라고."

어, 뭐지, 이 감정. 나 지금 뭔가를 찐하게 느낀 거 같은데. 정확히 뭔지는 모르겠지만 언니의 말이 무언가를 쾅 치고 지나간 건 확실했다. 알 수 없는 감정을 찬찬히 곱씹으며 하루를 보냈다. 그리고 집에 돌아오자마자 이끌리듯 내 책을 다시 한번 꺼내보았다. 이 감정의 가닥을 잡아내려면 과거를 다시 펼쳐보아야 한다는 생각이 들었다.

약물 치료 후 혈액 수치가 오르기는커녕 점점 더 떨어지고 있을 때 이런 글을 썼다. 주변에서는 힘내라는 말과 긍정적인 생각을 잃지 말라는 소리만 한다고. 한 번도 누군가에게 투병이 힘들다고 하소연한 적 없는데 저들은 왜 먼저 나서서 나를 위로하는지 모르겠다고.

모든 게 삐뚤게 보였던 그때. 정말 힘들긴 했지만 나는 내 상황에만 갇혀있던 게 아닐까. 그래서 타인의 진심 어린 호의와 배려, 선의와 사랑마저 곡해했던 게 아닐까. 그러고 나서 그때 쓴 일기도 찾아봤는데 이런 글이 있었다.

사람들은 나를 잘 알지도 못하면서 선뜻 응원을 하고

내 고통을 이해하지도 못하면서 이해한다고 말한다.
내 상실감도 모르면서 내 옆에 있겠다고 말하고
내 좌절감도 모르면서 아직 끝난 게 아니라고 한다.

누군가는 빈말이고 누군가는 진심일 텐데
나는 그걸 구분할 수가 없어서 그냥 웃고 만다.

어떤 마음으로 이 글을 썼는지 기억난다. 내 상황과 마음은 너무 힘든데 그에 비해 남들이 건네는 말은 상대적으로 가볍다고 느꼈다. 정말 내 고통을 반으로 가져갈 수도, 앞날을 볼 수 있는 것도 아니면서 왜 저렇게 호언장담하는 걸까? 정작 나는 아무것도 모르겠는데.

하지만 사실은, 나도 믿고 싶었던 거였다. 다 잘될 거라는 말도, 나를 이해한다는 말도, 내 옆에 계속 있어주겠다는 말도. 다만 스스로 확신이 없고 자꾸 의심이 드니까 상대의 말도 허무맹랑하게 들렸던 것이다. 어떤 말은 허무하게, 어떤 말은 진심으로 느껴진 건 그날의 내 기분이 덧씌워진 것이리라. 잘될 거라는 마음이 들었을 때는 진심으로 느껴지고 스스로 의심스러울 때는 빈말로 느껴졌겠지. 결국 나는 내 기분을 거름망 삼아 그들의 말을 걸러낸 셈이다.

중요한 건 그게 아니었는데. 누가 따뜻한 말을 건네면 그게 진심인지 빈말인지 가려내려 하기보다 그냥 감사히 말 그대로 받아들이면 될 일이었다. 상대가 내 언행을 의도와 다르게 받아들여서 씁쓸하고 억울했던 적도 있으면서 정작 나는 왜 쉽게 타인을 단정했던 걸까. 내가 하는 모든 말과 행동은 진심에서 우러난 것이라고 관대하게 생각했으면서, 왜 남들의 말과 행동에는 숨은 뜻이 있다고 여기고 파악하려 들었던 걸까.

그 후부터 타인을 대하는 마음가짐이 조금 달라졌다. 내 기분을 기준으로 타인을 해석하지 않으려고 노력하게 됐다. 기분이 좋지 않거나 예민할 때, 상대에 대한 판단을 굳이 하지 않으려 한다. 그리고 타인이 나에게 친절히 대해주면 고마워하되, 퉁명스러우면 그냥 '저 사람은 지금 기분을 거름망으로 쓰는구나' 하고 만다. 상대방이 불친절하다고 내 기분까지 나쁠 필요는 없으니까.

기분이 태도가 되어선 안 된다는 말이 있다. 즐거울 때도 있고 우울하고 슬플 때도 있지만 그 기분만으로 상황을 해석하고 받아들이면 많은 것을 놓칠 수도 있다. 그건 사람이나 기회, 혹은 우정과 사랑이 될 수도 있다. 변덕스러운 기분 하나로 이런 걸 놓치면 삶이 빈약해진다. 내가 그랬던 것처럼 말이다.

어떤 주석도 달지 않고 타인을 바라볼 때 내가 어떤 선입견과 편견을 가지고 있었는지도 깨닫는다. 서른이 다 되어서 이걸 알다니. 여태까지 나는 타인의 사랑을 얼마나 많이, 그리고 자주 놓치고 말았을까. 언니와 전화를 하고, 내 책을 다시 읽고, 옛날 일기를 살펴보기 전까지 가시 돋친 나를 자각하지 못했다.

얼마나 많은 이들의 진심에 기분으로 응해왔는지 모르겠다. 새삼 부끄럽고 미안하다.

3

그랬다면 우리가 이걸 삶이라고 부르지 않았을 거야

3

그랬다면 우리가 이걸 삶이라고 부르지 않았을 거야

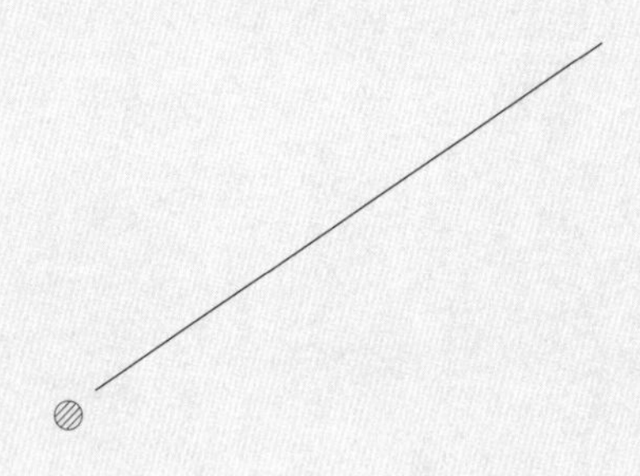

기분이 좋지도 않고 나쁘지도 않을 때. 사는 게 적당히 재미있고 적당히 재미없을 때. 앞날이 기대되진 않지만 딱히 절망스럽지도 않을 때. 살아있는 김에 유서를 쓴다.

내일이나 오늘 당장이라도 내가 죽을 수도 있다고 생각하면 삶을 대하는 태도가 달라진다.

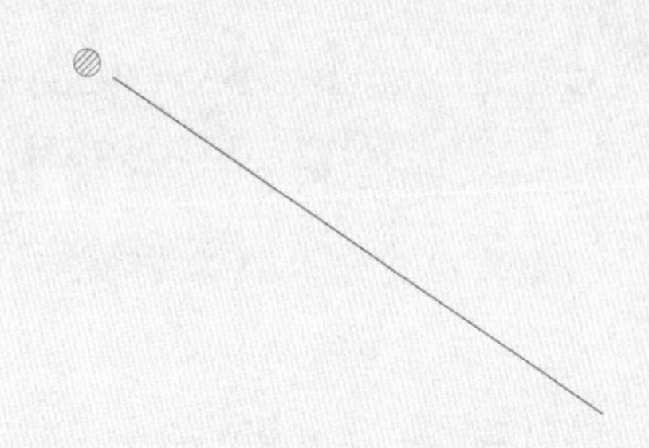

어릴 때부터 죽음에 관심이 많았다. 가족끼리 놀러 가는 길에 불쑥 "있잖아, 만약에 사고 나서 엄마랑 아빠만 죽으면 우리는 그 뒤로 어떻게 해야 돼?"라고 물을 정도였다. 즐겁게 나들이 가는 중에 꺼낼 주제는 아니다. 하지만 갑작스럽게 부모님을 잃으면 하나뿐인 동생과 어떻게 살아가야 할지 언니인 내가 알고 있어야 하지 않나.

부모님은 내 질문에 "그런 말은 하는 게 아니야"라고 말한 적이 한 번도 없었다. 매번 자상하게, 그리고 별일 아닌 것처럼 대답해 줬다. 재산 물려받고 빚 있으면 갚고, 누가 보호자를 자처하거든 필요 없다 하고 둘이서 잘 먹고 잘 살면 된다고. 그러면 나는 동생을 물끄러미 쳐다봤다. 만약 그런 비극이 생긴다 해도 쟤 하고 싶다는 건 다 해줘야지. 쟤만큼은 잘 먹이고 입혀야지. 내가 언니로서 책임감이 이렇게나 강하다. 보고 있니, 동생아.

그때는 부모님의 빈자리만 대비하면 된다고 생각했다. 엄마, 아빠도 마찬가지였을 거다. 내가 투병을 하기 전까지는.

죽음에는 순서가 없었다. 부모님 앞에서 할 말은 아니지만 사실이다. 태어난 순서대로 죽는다면 세상의 슬픔이 반으로 줄어들 테지만 애석하게도 죽음은 그렇게 친절하지 않다. 누가 언제 어떻게 죽을지 모르는 게 현실이다.

언젠가 가족끼리 한잔하던 날, 아빠가 갑자기 진지하게 당신은 내일 죽어도 여한이 없다고 말하는 게 아닌가. 정말 즐겁게 잘 살다 가니까 절대 울지 말고, 아빠가 좋아하는 노래나 틀어달라고 말이다. "뭐 틀어줄까?" 하고 물으니 씨익 웃으며 말한다.

"그거. 다비치의 〈안녕이라고 말하지 마〉."

진짜 아빠 때문에 미치겠다.

그리고 기왕이면 바다에 뿌려달라고 했다. 낚시가 좋아 제주로 온 사람답다. 옆에 있던 엄마는 김건모의 〈잘못된 만남〉을 요청했다. 그 만남이 당신의 삶인지 남편인지는 물어보지 않았다. 가정의 평화를 위해서 알겠다고만 했다. 동생은 장례식과 기일에 돼지국밥을 차려달라고 했다. 얘는 무교면서 제사상을 다 바란다.

나는 장례식은 하든 말든 상관없지만 꼭 화장을 해달라 했다. 그런데 막상 내가 죽으면 다들 경황이 없어서 화장하는 걸 깜빡할 것 같다. 그래서 미리 유서를 썼다. 나는 바다에 뿌려지길 바라는데 아무런 말도 남기지 않으면 매장되거나 납골당에 안치될 수도 있잖은가. 생각만 해도 관 뚜껑 열고 뛰쳐나가고 싶어진다. 그런 일이 생기지 않게 미리 공지를 해뒀다. 참, 나는 연명치료도 바라지 않는다.

기분이 좋지도 않고 나쁘지도 않을 때. 사는 게 적당히 재미있고 적당히 재미없을 때. 앞날이 기대되진 않지만 딱히 절망스럽지도 않을 때. 살아있는 김에 유서를 쓴다. 그래서 내 유서는 보통 세 달에 한 번쯤 갱신된다.

유서를 쓰는 일은 죽음을 바라보고 살겠다는 게 아니다. 삶을 포기하는 게 아니며, 나를 팽개치고 대충 살겠다는 말도 아니다. 오히려 삶을 바라보겠다는 의지다. 막연하게 언젠가 죽기야 하겠지, 생각하며 사는 게 아니라 내일이나 오늘 당장이라도 내가 죽을 수도 있다고 생각하면 삶을 대하는 태도가 달라진다. 죽음을 인식하고 자각해야만 삶을 바라볼 수 있다. 죽음이 없다면 삶이 없고, 삶이 없다면 죽음 또한 없다.

삶의 우선순위는 죽음 앞에서 다시 정렬된다. 무엇이 중요하고 무엇이 중요하지 않은지, 어떤 게 더 가치 있는 일인지를 뚜렷하게 보여준다. 내가 유서를 자주 갱신하는 이유가 여기에 있다. 죽음이 언제 찾아올지 모른다는 사실을 잊지 않기 위해서, 설령 내일 죽는다 하더라도 나는 이제까지 삶을 즐겼다는 걸 알기 위해서다.

죽음이 먼 미래의 일인가. 그렇지 않다. 병원에 있는 동안 나는 내가 언제든 죽을 수 있다는 걸 알았다. 옆자리 침대도 하루아침에 비어버리는데 나라고 그러지 않으리란 법이 없다. 죽음은 선과 악을 구분하지도, 많이 가진 사람과 적게 가진 사람을 나누지도 않는다. 그런데도 모두가 죽음을 불길하게 여겨 쉬쉬한다. 죽음은 어딘가에서 일어나긴 하지만 그다지 와닿지 않는 일로 취급받는다. 누군가의 장례식에 다녀온 경험이 있으면서도, 모두에게 닥쳐올 일이 분명한데도 죽음을 본 적 없다는 듯 살아간다.

멀쩡히 잘 살아있는데 죽음을 입에 올리는 게 영 탐탁지 않을 수도 있다. 쓸데없이 부정 타는 짓을 한다고 생각할지도 모른다. 하지만 우리는 삶의 방향만큼이나 죽음 이후의 방향에도 신경을 써야 한다.

죽음을 마주하며 일 년에 한 번씩이라도 자신의 삶을 정리하는 건, 자신을 위한 일이기도 하지만 남겨질 이들을 위해서도 필요한 일이다. 죽음은 미룰 수도 피할 수도 없다는 사실을 받아들이고, 남은 이들에게 미리 얘기해 둘 수 있는 건 적어놓는 게 죽음을 성숙하게 받아들이는 자세라고 생각한다. 당신들과 함께 시간을 보낼 수 있어 행복했다고, 혹여나 내가 갑작스레 떠난다고 해도 너무 슬퍼하지 않길 바란다고. 어차피 우리는 모두 죽을 것이고, 나는 조금 일찍 떠날 뿐이라고 말이다.

받아들이기 힘들고 많이 그리울 테지만 아쉬움이 최대한 남지 않도록, 우리 그렇게 서로 아끼고 존중하고 사랑하며 살자. 지금 이 순간 내 옆에 있는 가족, 친구, 연인에게 감사와 사랑을 아낌없이 표현해야 하는 이유는 단 한 가지, 우리의 삶은 유한해서 나중에는 기회가 없을 게 분명하기 때문이다.

한숨을 눈으로 보고 싶을 때

"나 잠깐 담배 피울 건데, 같이 나가자."

친구가 술잔을 비우며 말했다. … 담배는 네가 피우는데 내가 왜. 바깥을 슬쩍 보니 눈이 내리고 있었다.

"아, 싫어. 추워."

친구는 버티는 나를 기어코 데리고 나갔다. 혼자 있으면 심심하다는 게 이유였다. 나는 패딩을 꽁꽁 여미고 쭈그려 앉아 친구를 쳐다보았다. 친구 입에서 연기가 끝없이 뿜어져 나왔다. 전자 담배는 원래 저런가…. 압력밥솥 같네. 쟤 없는 동안 바지락 술찜에 있는 바지락 내가 다 먹으려고 했는데. 아무 말도 안 할 거면 나는 왜 데리고 나왔냐. 친구를 빤히 쳐다보다가 물었다.

"담배 피우면 스트레스 풀려?"

"처음엔 그랬지."

"처음에만? 계속 풀리는 거면 펴보고 싶다."

"후…. 너도 한숨을 눈으로 보고 싶구나."

나는 코를 킁킁 먹으면서 웃었다. 담배 연기를 포장하는 게 패키지 디자이너 수준이네. 그 후로 전자 담배를 피우는 사람을 볼 때마다 이건 무슨 맛이냐며 한 입씩 뺏어 피웠다. 폐호흡이니 입호흡이니 그런 건 잘 모르겠고 그냥 들이마셨다가 내뱉었다. 그런데 정말 위안이 되는 게 아닌가. 이상하다, 제대로 피는 것도 아닌데 이럴 수가 있나?

정신과에 가서 이 얘기를 했더니 선생님이 말했다. 실체 없는 감정이 시각화되어 사라지기 때문에 위안을 느끼는 거라고. "너도 한숨을 눈으로 보고 싶구나"라던 친구 말이 맞았다. 나는 근심과 걱정을 내 눈으로 인지하고 사라지는 것까지 보고 싶었던 거다. 정신과를 나오며 생각했다. 실체 없는 것에 잠식될 때는, 일부러 형태를 만들어 없애면 되겠다!

불안, 근심, 걱정, 고뇌, 후회 같은 감정에는 실체가 없다. 느껴지기만 할 뿐이다. 그걸 형태로 만드는 가장 좋은 방법은 무엇일까. 그림, 노래, 춤, 글, 영상 등 여러 선택지를 두고 고민하다가 문득 깨달았다. 아, 내가 투병 중에 악착같이 일기를 썼던 건 실체 없는 감정과 고통을 눈으로 보기 위해서였구나. 그래서 글을 쓰고 나면 몸과 마음이 덜 아팠구나. 후련하게 쏟아낸 뒤 활자를 덮으면, 불안과 고통에서 잠시나마 단절될 수 있었기 때문이구나.

생각해 보니 투병 후에는 내 감정을 자세히 읽고 표현하는 일에 무심했다. 부정적인 감정을 뭉뚱그려 '망했다', '살기 싫다', '죽고 싶다' 같은 닫힌 단어로만 이야기해 왔다. 긍정적인 상황이라고 크게 다르지 않았다. 단순한 말로 시작해 밈meme으로 끝났던 내 언어에는 티끌만 한 사유도 없었다.

태어나 하루도 빠짐없이 나 자신과 감정을 표현하고 살았다. 하지만 그중에서 언어적 사고를 거친 표현이 얼마나 있었을까. 나는 내 손과 입으로 언어를 고립시켜 온 셈이다. 고립된 언어는 타인은 물론이고 나에게도 닿을 수 없었다.

그래서 다시 기록하기 시작했다. 병원이나 약국에서 상태를 설명하는 것처럼 나를 설명했다. 어떤 일이 있었고 그 일이 어떤 흐름을 탔는지, 여러 상황에서 무엇을 보았고 무엇을 느꼈는지, 상황을 다르게 볼 여지는 없는지 등등. 시시콜콜한 것까지 적으면서 스스로 묻고 답했다.

쏟아냈으면 찬찬히 읽어보고 정리해 본다. 내 감정 밑바닥에는 이런 게 있었구나 하고 눈으로 볼 때, 그때가 바로 내 마음을 자각하는 순간이다. 그렇게 조금씩 감정의 가닥을 잡아나갈 수 있었다.

실체 없는 것을 내 언어로 만든 다음 낱낱이 해부하는 일은 통쾌했다. 결말 없이 고통 안에서만 순환되는 감정과 생각을 중단시키고 전체적인 상황을 한 걸음 떨어져 볼 수 있었다. 그 과정에서 나는 보이지 않는 세계에서 보이는 세계로 나아간다. 보이지 않았던 것이 내 언어를 통과해 눈앞에 놓이면 많은 게 달라진다. 미국의 신학자 라인홀드 니버의 기도문처럼 바꿀 수 없는 일을 받아들이는 평정심, 바꿀 수 있는 것들을 바꾸는 용기, 그리고 이를 구별하는 지혜에 조금씩 가까워진다. 그럼 삶이 조금 더 살 만해진다.

철학자 키르케고르는 적당히 불안해하는 법을 배운 사람은 가장 중요한 일을 배운 셈이라고 했다. 그 말은 곧 실체 없는 감정을 자신만의 수단으로 표현하고 해체하는 법을 아는 것이라고 생각한다.

힘든 일을 힘들어하고, 고통스러운 일을 고통스러워하는 건 괴로운 일이다. 정확히 걱정하고, 제대로 고민해야 한다. 나를 두렵게 하는 건 불확실한 삶 하나로 이미 충분하니까.

취미가 밥 먹여주면 그게 간병인이지

자기소개서 양식이 묻는다. 당신의 취미는 무엇입니까. 나는 이 문장이 못마땅했다. 빈칸을 채울 답은 이미 알고 있다. 취업을 위한 자기소개서에서는 내가 아니라 지원하려는 기업의 입장이 더 중요하고, 기업이 필요로 하는 인재상에 맞춰 적당히 살을 붙여야 한다. 취미 생활을 통해 무엇을 깨달았는지를 이야기하고, 직무와 어떻게 연관시킬 수 있는지 설득하고, 결과적으로는 자신이 사회생활에 얼마나 적절한 인물인지를 어필해야 한다. 그래야 뽑힐 확률이 높아진다. 자기소개서의 정답은 나만 아는 게 아니다. 취업을 준비하는 모든 사람이 알고 있다. 출제 의도가 이렇게 투명하다.

자기소개서에 취미를 대신해서 쓸 수 있는 단어는 없는 걸까? 애초에 죽기 살기로 취업을 준비하는 이들에게 마음 편히 취미를 즐길 수 있는 시간과 돈이 충분히 있을 리가 있나. 나는 괜히 심술이 나서 '넷플릭스에서 보지도 않을 영화를 밤새 고르기', '애니메이션 정주행하기', '100번 본 영화 또 보기'를 썼다. 그걸 제출했던가? 설마, 안 했겠지.

자기소개서에 쓸 만한 취미가 없는 사람, 도무지 뭘 어떻게 엮어야 할지 모르는 사람은 남의 것을 가져오기도 한다. 오죽하면 '자소서'가 아니라 '자소설'이라고 하겠는가. 자기소개서에 써야 하는 건 취미로 포장된 자기 계발이다. 이건 슬픈 현상이다. 자기 계발이 취미의 영역을 침범한 건 현대인에게 먹고사는 일이 너무 중요하기 때문이다. 한가하게 즐거움만 좇고 살 수는 없지만 직업과는 다른 일로 숨을 돌리고 싶긴 하고, 그렇다고 쓸데없는 걸 하려니 자책감을 느껴 결국 실용적인 취미, 이력에 써먹을 수 있는 취미를 찾는다. 경제적이고 실용적인 것만이 가치 있다는 믿음이 만연해질수록 사람들은 무용한 기쁨과 점차 멀어진다. 그걸 취미라고 부를 수 있을까?

여러 가지 일을 동시에 해야 하는데 몸은 하나다. 시간은 늘 부족하고, 불확실한 삶은 공포로 다가온다. 마음의 지평을 넓혀줄 책이나 영화, 음악 등의 문화생활에 내줄 시간이 없다. 여기저기서 휘두르는 채찍에 쫓겨 무작정 앞으로 뛰기만 하는 시대. 이 시대를 살아가는 우리는 새로운 분야와 관심사를 탐험할 기회는 물론이고 개인적으로 흥미를 느낄 자유까지 박탈당한 것 같다.

나는 자기 계발과 취미가 분명히 구분되어야 한다고 생각한다. 자기 계발은 방식은 다를지라도 항상 더 나은 내가 되어야 한다는 부담을 느끼게 한다. 그런데 자기 계발이 취미라는 이름으로 포장되면 나는 타인뿐만 아니라 자기 자신과도 경쟁하게 된다. 그럼 나는 끊임없이 나를 이겨야만 하고, 시간이 지날수록 고갈되기 마련이다.

쉬는 시간이 있어도 어떻게 쉬어야 할지 몰랐던 때가 있었다. 쉬는 건 게으른 거고 빈둥대는 것처럼 느꼈다. 생산적인 활동에 길들여진 나머지 즐거움 이외에 아무 목적도 없는 행위를 견딜 수 없었다. 나름대로 쉰다고 쉬고 있으면 '지금 한가롭게 이러고 있어도 되나?' 하는 생각이 들어서 마음이 불편했다. 그때는 쉴 틈 없이 몸을 바쁘게 움직이는 것만이 '잘' 사는 것이라 생각했다. 누군가 말하지 않았던가. 내가 자면서 꿈을 꿀 때 누군가는 꿈을 이룬다고.

이제야 어떻게 사는 게 '잘' 사는 것인지 스스로 묻는다.

능력과 성과를 위해 맹목적으로 앞만 보고 달리는 게 잘 사는 걸까? 아니다. 그렇다면 오늘만 산다며 흥청망청 사는 게 잘 사는 걸까? 그것도 아니다. 괴테의 말처럼 매일 좋은 음악을 듣고 좋은 시 한 편을 읽으며, 훌륭한 그림 하나를 보는 것. 그리고 가능하면 이치에 맞는 말 몇 마디 하는 게 인간답게 사는 것이고 잘 사는 것일 테다. 나는 여기에 무용한 기쁨을 즐기는 것까지 얹고 싶다. 하루에 단 한 시간이라도 말이다.

내 취미는 여러 가지다. 어릴 때 본 만화를 다시 보고, 아무 생각 없이 색종이로 별을 접고, 액체 괴물을 갖고 놀고, 스크래치 북을 사서 눈이 빠지도록 선을 긋는다. 천 개로 쪼개진 퍼즐을 맞추고, 다시 엎고, 또 맞춘다. 이미 대사까지 다 외운 영화를 또 본다. 날이 좋으면 바깥에 이불을 펴놓고 고양이들과 낮잠을 잔다. 한적한 곳에 차를 세우고 선루프를 연 채로 구름을 구경하기도 한다.

취미는 억지로 가질 수 있는 게 아니다. 강요에 의해서 어찌저찌 한 번은 해본다 할지라도 꾸준히 할 수 없을 것이다. 생존에 필수적이지 않은 취미는 오로지 주체의 행복과 즐거움으로 지속되기 때문이다. 유용과 무용의 기준을 내가 정하는 것이다. 그런 의미에서 취미는 사치스러운 자기 충족이라고도 할 수 있겠다. 경제적이지도, 실용적이지도 않을지라도 그건 잉여의 시간이 아니라 행복과 즐거움을 위한 시간이다.

누군가는 묻는다. 그런 게 밥을 먹여주냐고. 밥심으로 사는 한국인들 아니랄까 봐 이런 것도 밥을 먹여주냐고 묻는다. 어쨌든 답을 하자면 "아니오"다. 취미가 밥 먹여주면 그게 간병인이지 취미인가.

고단한 하루 끝에서 마시는 시원한 맥주 한 캔, 무릎 위에서 골골송을 불러주는 고양이처럼 나를 웃게 하고 한숨 돌리게 해주는 것들. 오늘을 버티게 하고 내일을 기대하게 만드는 것이 취미다. 제아무리 간병인이라고 해도 취미의 역할을 대신할 수는 없다.

나는 무용하지 않은 무용의 기쁨과 행복을 죽을 때까지 누리고 싶다. 세상이 낭비라고 일축해 버리는 것들을 죄책감 없이 즐기고, 순간순간을 거리낌 없이 향유할 것이다. 그게 정말 시간 낭비, 돈 낭비, 기운 낭비일 수도 있다. 하지만 파울로 코엘료의 말대로 내가 웃는다면, 그건 낭비가 아니다.

자살을 할까, 커피나 한잔할까?

죽음이 마지막 탈출구로 보일 때가 있다. 살아있다는 이유로 이러지도 저러지도 못할 때, 사실 정말로 무서운 것은 죽음 그 자체가 아니다. 죽기 전까지 겪어야 할 공포나 두려움, 고통 같은 것이다. 그런 의미에서 자살은 자연히 죽기까지 견뎌야 할 고통에 미리 질식하는 건지도 모른다. 영원히 지속될 것 같은 고통과 불확실성에서 하루라도 빨리 해방되고 싶은 마음이 간절해진다. 몸을 버리고 날아갈 생각을 하는 이는 사는 것보다 죽는 게 덜 고통스러울 거라 믿는다.

약 부작용을 겪을 때였다. 하루 종일 울렁거려서 아무것도 먹을 수 없고, 움직일 수 없어서 누워만 있었다. 피부 발진으로 얼굴은 엉망이고, 토할 게 위액밖에 없는데 그마저도 참아야 했다. 약이 반드시 소화되어야 했기 때문이다. 그러기를 몇 주째. 산송장 같은 몰골로 누워있다가 문득 이런 생각이 들었다.

'아, 지금 죽어버리면 몸도 마음도 편하겠구나.'

갑자기 기운이 났다. 부작용을 무력하게 감당할 수밖에 없는 이 상황에서 벗어날 방법이 생각난 것이다. 남은 건 실행뿐이었다. 나는 조용히 자리에서 일어나 노트북을 켜서 두서없이 마구 글을 썼다. 글은 분명 죽고 싶다는 말로 시작했다. 이게 내가 편해지는 길이니 가족 모두 이해해 줬으면 좋겠다고. 그렇게 글을 쓰는데 마지막에는 일단 살아야겠다는 말로 끝났다. '죽고 싶다'에서 '살아야겠다'까지 쓰는 동안 무슨 일이 일어난 걸까.

아마도 글을 쓰면서 느낀 게 아닐까. 나는 지금 죽고 싶은 만큼 살고 싶다는 걸. 그래서 병이 나를 죽이면 죽였지, 절대 내가 먼저 죽지 않겠다고 말이다. 카뮈가 '자살을 할까, 커피나 한잔할까?' 하고 고민했다면, 나는 그날 새벽에 자살을 할까, 골수 이식을 할까 고민했다. 인생을 바꿀 선택을 해야 했다. 그때 나를 조금 더 살아가게 만든 건 삶이 더 나아질 거란 희망이 아니었다. 어차피 죽을 거라면, 미련 없이 할 수 있는

거나 다 해보고 죽자는 방어적 비관이었다.

카뮈는 인생이 살 가치가 있느냐 없느냐를 판단하는 것, 그러니까 자살이야말로 진지한 문제라고 했다. 이런 숨 막히는 하늘 아래서 선택지는 두 개뿐이다. 거기서 빠져나오든가 아니면 버티고 있든가. 빠져나올 거라면 방법을 강구해야 하고, 버틸 거라면 왜 머물러야만 하는지 이유를 찾아야 한다.

골수 이식은 이 상황에서 빠져나갈 유일한 방법이었다. 만약 뭔가 잘못돼 죽는다고 해도 내가 내 손으로 생을 마감하는 것보다 나을 것이다. 최소한 도전이라도 했으니까. 그 편이 남은 이들이 받아들이기가 좀 더 나을 테니까. 그래서 모두가 아직은 할 때가 아니라던 골수 이식을 감행했다. 그리고 결과적으로 숨 막히는 하늘 아래에서 빠져나올 수 있었다. 자신이 처한 상황에 따라 빠져나올지 머무를 것인지 신중하게 택해야 한다. 때로는 머무는 것이 도전일 수도 있다.

삶을 최대한으로 산다는 건 무엇일까. 카뮈는 삶의 끝에 죽음이 있다는 걸 인지하면서 열정을 다해 주어진 모든 걸 소진시키는 것이라고 했다. 그러나 나는 발악함으로써 살았다. 나대로 삶을 최대한 살고자 한 것이다. 몸과 마음이 고갈된 인간이 조금 더 살아볼 생각을 한다는 것 자체가 있는 힘을 다해 사는 것 아닐까?

죽음의 충동과 생의 충동은 언제나 함께한다. 이 둘은 별개가 아니다. 어디에선가 죽음의 충동을 느꼈다면 분명 생의 충동을 만나는 일도 있다. 지금도 내 인생이 더 살아볼 가치가 있는지 의심하며 자신과 싸우고 있는 사람들이 있으리라. 나는 그들이 살아갈 용기, 그리고 삶을 지속하게 만드는 온기를 부디 마주치기를 진심으로 바란다.

때로는 다 잘될 거라는 희망보다 죽을 때 죽더라도 한번 해보자는 방어적 비관이 더 도움이 된다. 티끌만 한 생의 충동이라도 놓지만 않는다면 죽음의 충동과 몇 번을 싸워도 살 수 있지 않을까. 그 충동이 열정이든 발악이든 어떻게든 살아가 보는 것. 나는 그게 삶을 최대한으로 사는 거라고 생각한다.

인간반쪽설의 진실

매년 1월 1일. 새해가 찾아올 때 사람들은 무엇을 기대하는가. 일출 보기? 새로운 시작? 아니다. 열애설이다. 한 신문 매체는 새해마다 유명인들의 열애 사실을 폭로해 왔다. 대중은 "야, 대박. 이거 봤어?"라며 열애설을 온갖 SNS로 퍼나른다.

반복은 습관이 된다. 새해맞이 폭로가 몇 년 동안 이어지자 12월 31일이 되면 대중이 먼저 기대하기 시작했다. 이번에는 누구와 누구일까? 저번에 열애설 난 그 사람들 아닐까? 찌라시에 돌던 그 사람들인가? 수군수군, 웅성웅성. 사람과 사람이 만나는데 왜 나라가 들썩이는가. 연애가 뭐라고.

(2022년에는 이례적으로 열애설이 뜨지 않았다. 나는 환호했다. 드디어 세상이 변하려나 보다!)

가끔 이 나라는 로맨스에 미쳐버린 건지 의문스럽다. '미국의 수사 드라마는 사건을 해결하고, 일본의 수사 드라마는 교훈을 주고, 한국의 수사 드라마는 연애를 한다'는 우스갯소리가 나올 만큼 사랑 이야기가 빠지지 않는다. 저래도 되나 싶을 만큼 병원에서도 연애, 법정에서도 연애, 정치하면서 연애, 하다못해 세상이 좀비로 들끓어도 연애를 한다. 연애 과정을 보여주는 예능이 인기가 많은 것은 물론이고 개그 프로에서도 구태여 러브라인을 만들곤 한다.

이런 분위기의 부작용으로 독서 모임, 스터디 모임, 취미 모임 등에 들어갔다가 금방 나오게 되었다는 사연을 심심찮게 듣는다. 여자와 남자를 의도적으로 엮으려는 모습에 질려서다. 좀 친해 보인다 싶으면, 아니 그다지 친하지 않은데도 "오~ 둘이 그런 사이야?"라며 굴비 엮듯 엮어버리는 모습, 많이 보지 않았는가.

세상이 태곳적부터 로맨스에 대한 환상을 심어놓은 탓에 사람은 자신의 반쪽을 찾는다. 온갖 미디어에서 사랑과 결혼을 부르짖으니 왠지 그 물결에 편승해야 할 것 같은 압박을 느낀다. 우리가 살아가고 있는 건 동화 속이 아니라 현실인데도 주입식 로맨스 때문에 낭만적인 사랑을 경험하지 않고 있다면 어딘가 결핍된 인간으로 여겨진다.

신기하게도 나는 서른이 다 되도록 진한 사랑을 해본 적이 없다. 연애도 여러 번 해봤지만 너 없으면 죽을 것 같고, 보고 싶어서 미치겠고, 헤어지면 모든 사랑 노래가 내 이야기 같고, 심장이 콩닥대는 그런 설렘을 느껴본 적이 없다. 짝사랑은 물론이고 누구를 먼저 좋아해 본 적도 없다. 한때는 성적 지향성을 진지하게 고민해 봤지만 동성, 양성, 무성 그 어디에도 해당되지 않는 것 같았다. 이성애자인 거 같긴 한데…. 뭐지? 애초에 성적 지향성을 소거법으로 아는 게 맞나? 내가 애매하게 고장 난 기계처럼 느껴졌다. 서비스 센터에 가면 엔지니어가 "딱히 큰 문제는 없는데요?"라고 말할 것 같은 그런 미세한 불량. 이런 이야기를 하면 누군가는 말한다.

"네가 아직 좋은 사람을 못 만나서 그래. 걱정 마, 짚신도 짝이 있다잖아."

"사실은 짚신도 제 짝이 없어. 좌우 구분 없이 만들었거든."

"… 그래? 하여튼 내 말은, 사람은 다 자신의 반쪽이 있다는 거야."

그치만 사람은 왼쪽이나 오른쪽으로만 태어나지 않는걸. 인간반쪽설은 '사람은 혼자서 온전할 수 없다', 혹은 '사람은 혼자 살아서는 안 된다' 같은 편견이 깔린 말이 아닐까.

상대는 다시 말한다.

"그게 진짜 반쪽을 말하는 거겠어? 누군가를 만나서 비로소 완전한 인간이 된 것 같다는 비유적인 표현이지!"

그 반쪽이 쪼개진 형태를 의미하는 게 아니라면, 좋다. 다시 생각해 보자. 도대체 우리의 어떤 부분이 반절이나 결핍되어 있는지를.

나를 '반쪽이 결핍된' 사람으로 느끼게 하는 외롭고 쓸쓸한 감정은 견디기 힘들다. 사람은 자기 존재가 희미해진다고 느낄 때 존재 이유를 느끼게 해줄 무언가를 찾아 헤맨다. 보통은 자기 밖에서 대상을 찾으려 한다. 그래서 인정받고 또 사랑받고 싶어 하고, 이 욕구가 지나치면 인정받고 사랑받는 게 삶의 목표이자 존재의 이유가 되어버리기도 한다. 하지만 생각해 보자. 존재의 결핍에서 자유로운 자, 누가 있단 말인가? 혼자서 완전함을 느끼는 사람이 몇이나 될까? 우리는 태어난 이상 결핍에서 자유로울 수 없다.

내 존재 이유를 바깥에서 찾는다면, 결핍을 채우기 위해 타인에게 지나치게 의존한다면 결국 파국을 면하지 못한다. 타인의 말 한마디, 행동 하나에도 휘둘리게 되고 타인의 인정이 있어야만 내가 승인되는 느낌을 받을 것이다. 정말로

'나의 반쪽'을 만나 완전해졌다면 우리는 왜 연애하면서도, 결혼해서도 외로운가. 그리고 나의 반쪽은 왜 또 다른 반쪽들을 찾아 철새처럼 떠나는가. 너는 반이 아니라 산산조각이라도 났는가.

내가 좋아하는 〈슈렉〉의 세 번째 시리즈에는 이런 장면이 나온다. 신데렐라, 백설 공주, 오로라 공주, 그리고 피오나 공주와 그의 엄마가 감옥에 갇힌다. 피오나 공주가 "우리는 빠져나갈 길을 찾아야 해"라고 말하자 공주들이 맞다며 각자 움직이는데 그 모습이 머리를 한 대 치는 것 같았다.

백설 공주는 반듯하게 누워 눈을 감았고, 오로라 공주는 선 채로 잠을 자기 시작했다. 신데렐라는 여유를 부리며 앉아있었다. 기가 찬 피오나 공주가 "너네 뭐하냐?"라고 묻자 공주들이 이렇게 말했다.

"누군가 구하러 오길 기다리는 거야. 우리가 뭘 할 수 있겠어? 여긴 공주 세 명과 노파 한 명뿐이잖아."

말이 끝나자마자 피오나의 엄마가 "노파 납신다!"라며 머리로 감옥의 벽을 들이받아 부숴버린다. 피오나는 공주들을 돌아보며 말한다.

"이제부터 우리는 우리가 구해."

나는 우리가 동화 속에서 얻어야 하는 메시지는 바로 이런 것이라 장담한다. 우리는 우리가 구하는 것이라고. 나를 구할 사람은 나밖에 없다고.

지금 스스로 확신이 없어서 자신을 구원해 줄 무언가를 기다리고 있다면, 혹은 타인에게 의존하며 내 존재의 의미를 대신 찾아주길 기대하고 있다면, 그건 이미 자신을 잃어버린 것이다. 그러나 한편으로 남에게 의존하고, 기대하고, 배신당하고, 실망한 끝에 발견하는 것은 결국 그 모든 상황을 겪어낸 '나 자신'이다. 인간은 스스로 잃어버림으로써 존재한다는 사르트르의 말처럼, 나는 나를 부단히 잃어버렸다가 또 찾아내면서 살아야 한다.

자신 이외에 다른 것들은 낙원이 될 수 없다. 혼자 일어설 용기는 반쪽을 찾아다니는 일을 관둘 때 생긴다. 그리고 내 구원자는 나 자신이라는 걸 깨닫는다. 그때 우리는 비로소 백마 탄 왕자를 기다리지 않고, 요정 할머니를 찾지 않으며, 지니를 필요로 하지 않을 것이다.

사랑도 좋고 결혼도 좋다. 다만 휩쓸리지만 않기를 바란다. 남들 다 하는 거니까, 결혼 적령기니까, 나이가 들어서, 누구 등쌀에 밀려서, 단순히 누군가가 나를 사랑해 주고 좋아해 주기 때문에 자신의 삶을 타인에게 의탁하지 않았으면 한다. 개별적이고 독자적인 인간에게 외로움과 고독은 숙명이다. 짝이 있다고 이게 영영 없어질까? 나는 내 배우자가 스무 명쯤 된다고 해도 외롭고 고독할 거란 걸 안다. 인간은 짝을 이뤄야만 완전해지는 존재가 아니다.

지쳐 쓰러져 있을 때 누군가가 내미는 손을 잡을 수도 있고 잠시 업힐 수도 있다. 하지만 타인이 평생 내 다리가 되어줄 수는 없다. 삶에서 타인의 존재도, 그들의 인정과 사랑도 당연히 필요하지만 오직 그것만을 위해 살아가지는 말자. 결국 언젠가는 스스로 일어서는 법을 깨우쳐야 한다. 내 발로 혼자 우뚝 서야 하는 순간이, 반드시 온다.

즐겁게 살자, 우리 아빠처럼

내가 차를 타고 놀러가는 모습을 보면서 아빠가 이렇게 말했다고 한다.

"저렇게 뽈뽈거리고 돌아댕기는 거 보니까 좋네."

엄마한테서 이 말을 전해 듣는데 괜히 눈물이 났다. 내 나이가 몇인데, 뽈뽈 돌아다니는 게 보기 좋다니….

아빠는 대뜸 행복하다는 말을 자주 한다. 치킨을 먹다가, 담배를 피우다가, 바다를 바라보다가, 등산을 하다가, 내가 밥 먹는 걸 보다가도 갑자기 행복하다고 한다. 뭐가 행복하냐고 물으면 그냥 내 새끼들이 건강하게 잘 지내서 아무 걱정 없이 잠드는 게 좋다고 한다. 네가 아플 때는 잠드는 게 끔

찍했다고, 하루하루가 심장이 타들어가는 것처럼 고통이었는데 지금 이렇게 평온하니 얼마나 좋으냐고.

엄마는 내가 살아 숨 쉬는 것만으로도 행복이라고 말한다. 같이 커피를 마시거나, 브런치를 먹으러 가거나, 장을 보는 사소한 일에도 딸이 옆에 있어서 좋다고 한다. 여기에 동생까지 집에 있으면 두 분의 행복은 그야말로 폭발한다.

우리 가족은 내가 투병을 한 후부터 가치관이 많이 바뀌었다. 예전에는 더 나은 앞날을 위해 열심히 사는 게 답이라고 생각했다. 하지만 지금은 마음을 여유롭게 가지고 매일 즐겁게, 좋은 하루를 보내는 게 가장 행복하다는 걸 안다.

가끔 내가 초라하게 느껴질 때는 작은 걸 놓치고 있는 건 아닌지 생각한다. 놀고, 먹고, 싸고, 자고, 웃는 일처럼 기본적인 것도 제대로 하지 못할 때 사람은 힘이 없다. 그래서 우울해지거나 초라해진다.

그럴 때는 반복되는 날들 속에서 만족과 기쁨을 일부러 찾는다. 사소한 걸 애써서 사랑하고, 익숙해서 보이지 않는 걸 애써서 살펴본다. 언젠가 예고 없이 사라질 것들이기에, 삶을 촘촘히 메우고 있는 작은 걸 찾아서 보듬는다.

당연한 줄도 모르고 만끽하던 게 한순간 사라지면 그제서야 빈자리를 실감한다. 작고, 단순하고, 익숙한 게 삶에 얼마나 깊이 스며들어 있었는지가 칼로 새기듯 느껴진다. 그건 통각이다. 아프고, 쓰리고, 따갑다. 그게 아프고 괴로워서 사람은 운다. 그리고 생각한다. 다시 이전으로 돌아가면 정말 소중하게 아끼고 보살필 자신이 있다고. 당연한 건 아무것도 없다는 사실을 절대 잊지 않겠다고.

내게 주어진 것 중에서 당연한 건 아무것도 없었다. 그리고 내가 그걸 가지고 있었다는 걸 깨닫는 시점은 언제나 잃은 뒤였다. 익숙해진 일에 감각을 곤두세우는 건 쉽지 않다. 탁해진 눈을 닦을 수 있는 건 일상이 박탈되는 감각이다. 당연하다고 생각했던 게 결코 당연하지 않았다는 걸 지독하게 깨달았던 순간, 행복보다 목표를 좇았던 날들, 건강을 과신하면서 해야 할 일에만 몰두했던 날들, 그래서 몸과 마음이 망가진 날들이 다시 나를 깨운다.

내게 작고 익숙한 건 이런 거다. 가슴팍과 양팔, 다리 사이에서 그릉대는 고양이들과 아무것도 하지 않고 누워 있는 일, 가족의 얼굴을 들여다보고 눈을 마주치고 이야기를 하는 순간, 좋은 사람들과 함께하는 시간, 내 몸을 내 의지대로 움직이는 일, 맛있는 에스프레소 한 잔, 생각할 거리를 마구 던지는 묵직한 책, 잔잔한 음악.

사랑하는 모든 것들이 계속 내 곁에 있을 거라 생각하는 건 오만이다. 나중에 후회를 조금이라도 덜 하려면 작고 익숙한 것들을 더 자주, 깊이 느껴야 한다.

삶의 낱낱들은 결코 하찮지 않다. 발에 채이는 행복과 만족, 기쁨을 하나씩 주워서 차곡차곡 모으는 일, 그리고 한 번씩 들여다보는 일. 나는 그렇게 살다 죽고 싶다고 매일 생각한다. 아빠처럼 닭다리와 소주 한잔에도 행복하다 말할 수 있으면 더할 나위 없겠다고.

사소한 걸 애써서 사랑하고,
익숙해서 보이지 않는 걸 애써서 찾아야 한다.

⊘⊘⊘

삶의 낱낱들은 결코 하찮지 않다.

사계절이 친구가 될 때

수면제와 알코올에 의존하던 때. 수면제 대여섯 알을 털어먹고 양주를 마시곤 했다. 맥주는 배가 부르고 소주는 안주가 필요하니 적은 양으로도 빠르게 취할 수 있는 양주가 제격이었다. 약에 술까지 끼얹어 겨우 잠들어도 두세 시간쯤 지나면 일어났고, 그럼 또다시 약을 먹고 술을 마셨다. 약을 먹고 나면 모든 감각이 비현실적으로 변해서 자꾸만 뭘 먹었고, 집 안을 돌아다녔고, 헛소리를 했다. 제정신이 아니었던 건 물론이고 기억도 툭툭 끊겼다. 그리고 지독한 우울에 시달렸다.

머리도 빠르게 굳어갔다. 적절한 단어를 찾지 못해서 당황하거나 말을 뱉긴 뱉는데 문장이 제대로 구성되지 않아서 이게 말인지 막걸린지 스스로 구분할 수 없는 날이 늘었다. 아주 간단한 문장을 말하는 것도 힘들었다. 예를 들어 '며칠 전에 친구랑 레스토랑에 가서 파스타를 먹었어'를 말하려면 "며칠 전에 친구를 만나서… 어, 레스토랑을 갔다? 거기 가서… 음, 뭐 먹었더라…." 이런 식으로 말을 했다. 머릿속에서 단어가 조합되지 않으니 말수가 줄었다. 나중에는 생각하는 것조차 귀찮았다. 멍청하게 말을 하느니 아예 안 하는 게 낫지 싶었다.

처음 수면제를 먹을 때만 해도 중독되지 않을 거라 자신했다. 술도 그렇게 퍼먹고 살 줄 몰랐다. 내가 전부 통제할 수 있을 거라 믿었지만 시간이 지날수록 약과 술에 도리어 통제를 당했다. 내가 원해서가 아니라 하지 않으면 미칠 지경이 되어버리는 거다. 술과 약에 의존하는 시간이 점점 길어지면서 일상생활이 어려워졌다. 그렇게 삶이 무너져갔다.

수면제와 술, 그리고 과자를 실컷 먹고 멍청하게 앉아있던 어느 날 새벽. 문득 창문을 쳐다보며 생각했다. '어, 저 커튼봉…. 내 몸무게 감당할 수 있겠는데?' 진지하게 자살을 생각한 게 아니다. 만취해서 주사를 부리는 것과 비슷했다. 비현실적인 감각이 나를 갖고 놀기로 작정한 것 같았다.

이러다 내가 나를 죽이겠다 싶어 자취집을 정리했다. 부모님 집으로 돌아가서 수면제와 술을 끊을 작정이었다. 내 상태가 이 정도로 심각한 건 아무도 모르니 추태를 보이지 말자고 굳게 다짐했다. 그런데 정말, 정말, 정말 더럽게 힘들었다. 수면제는 매 순간 생각났고 술은 한 번 먹기 시작하면 끝도 없을 것 같아 바닥 박박 긁어가며 참았다. 내 안에서 '중독된 나'와 '끊고 싶은 나'가 치열하게 싸웠다.

망가진 생활 패턴을 다시 돌리기 위해 매일 아침 여섯 시가 되면 바닷가로 나갔다. 바다의 짠내를 맡으며 계속 달렸다. 달리다 보면 엔도르핀이 나와서 기분이 좋아진다고 어디서 주워들었는데, 나는 그냥 힘들기만 했다. 그래도 달렸다. 하여튼 운동에 미친 사람들이 하는 말은 믿을 게 못 된다고 혼자 구시렁대면서. 계속, 계속, 계속. 그래도 달리는 중에는 술도 수면제도 생각나지 않았다.

한참 뛰다가 힘들면 바닥에 쭈그리고 앉아 게와 새우, 고동을 구경했다. 가끔 저녁에 나갈 때는 바위에 걸터앉아서 지는 노을을 한참 바라보았다. 나는 자연과 직접적으로 맞닿으며 조금씩 회복하기 시작했다. 달리고, 바다를 보고, 노을을 구경할 때마다 되뇌었다. 내가 살아야 할 곳은 바로 여기야. 수면제와 술에 취해서 바라보는 왜곡된 환각 세계가 아니라, 내 육체가 존재하고 자연과 맞닿는 바로 이곳이야. 그렇게 아주 오랜 시간에 걸쳐 수면제를 끊었다. 술은… 마신다. 가끔.

자연이 내 성격에 아무런 영향을 주지 않았다고는 말 못 하겠다. 왜 아닐까. 파도가 들어왔다가 물러나는 걸 보며 반복 속의 다름을 알고, 산의 능선에서 오르막과 내리막을 배우는데. 해는 살아갈 힘을 주고, 달은 어둠에도 빛이 있다는 사실을 일러주는데. 제주에 살수록, 그리고 한 살씩 나이를 먹을수록 자연에 경외심을 갖는다. 나는 어쩌다가 지구에 사람으로 태어나 두 눈과 귀와 코를 가져 이 모든 것을 보고 느낄 수 있는가. 그리고 이 아름다움에 넋을 놓을 수 있는가. 걷고, 뛰고, 보고, 듣고, 가빠지는 숨을 느낄 때 내가 자연의 일부라는 걸 자각한다. 이름도, 직업도, 재산도 모두 벗어던지고 움직이는 육체를 가진 한 인간으로만 존재한다. 자연 속에서만 회복될 수 있는 무언가가 있다면 그건 육체성일 것이다.

자연이 뭐가 그렇게 대단하냐고 물을지도 모르겠다. 물론 자연이 골칫거리를 명쾌하게 해결해 주지는 않는다. 나무는 묵묵히 제자리를 지키고 바람은 나를 훑고 지나가면 그만이다. 꽃은 지켜보는 이가 없어도 만개한다. 그럼에도 우리가 자연에서 위로를 받는 이유는 겨울을 거친다 해도 봄이 오면 어김없이 싹을 틔우는 생명의 힘, 그리고 찬란한 생동의 힘을 느끼기 때문일 거다. 우리는 그 힘 속에서 잠시나마 회복한다. 그래서 마음이 힘들수록, 나이를 먹을수록 더더욱 자연을 찾는 것이리라.

자연은 당연하게 느껴진다. 당장 고개를 들어 주위를 둘러보기만 해도 알 수 있다. 사람들은 스마트폰을 보면서 걷고, 운전을 하면서도 다른 생각에 빠진다. 아름다운 곳을 찾아가서도 감상을 하기보다 '인생샷'을 찍는 일에 집중한다. 하기야 제주에 사는 나조차 자연과 함께 하는 법을 곧잘 잊는다. 자연이 아낌없이 내어주는 것들에 우리는 왜 시큰둥해지는 걸까? 지금 숨 쉬고 있으면서도 공기를 자각하지 못하는 것처럼, 늘 곁에 있는 게 당연해서 더 이상 감흥을 못 느끼는 것이다. 그래서 자연은 어디에나 있고 또 어디에도 없다. 자연을 감각하는 건 내 인지 능력에 달려 있다.

나는 가끔 맨발로 마당을 걷는다. 자연에 무심해지지 않기 위해서다. 날씨가 좋을 때는 잔디의 까칠함과 땅의 따뜻함을 느끼고, 비가 올 때는 축축이 젖어 차가운 풀과 잘박대는 빗물, 눅진한 흙을 느낀다. 단지 양말과 신발을 벗었을 뿐인데 익숙한 곳이 낯설게 느껴진다.

일상에서 자연을 직접적으로 만날 수 있는 기회는 많다. 잔디가 깔린 공원에 가는 것, 걷다가 만난 들꽃을 눈여겨보는 것, 흙을 쥐어보는 것, 하늘을 바라보는 것, 비를 맞거나 빗물이 찬 웅덩이에 발을 담가보는 것, 소복이 쌓인 눈을 만지는 것처럼 말이다.

내가 자연의 일부라는 걸 느끼고 싶다면 지금 집 앞에라도 잠시 다녀와 보는 건 어떨까. 매일 무심하게 걷던 길을 하나하나 살펴보는 거다. 이 시간의 하늘은 이런 색이구나, 공기는 이런 느낌이구나 하고 느껴보자. 그리고 맨발이나 맨손으로 느껴볼 수 있는 건 시도해 봤으면 좋겠다. 별것 아닌 것 같은데 막상 해보면 묘한 감각에 사로잡힌다. 낯설면서도 그리운 감각. 가끔은 모든 걸 몸으로 직접 느껴보려 했던 어린 시절로 돌아갈 시간이 필요하다.

사람은 사회의 부품이기 이전에 자연의 일부라는 걸 모두가 잊지 않기를 바란다. 사계절을 벗 삼아 살아가는 동안에는 그 무엇도 삶을 짐스러운 것으로 만들 수 없다는 소로의 말을 믿는다.

봄이 오면 응급실에서 본 벚꽃이 생각난다. 일주일에 한 번은 반드시 수혈을 받아야만 살 수 있을 때였다. 주사실이 따로 없어서 늘 응급실에 있어야 했는데 별별 사건, 사고가 일어나는 곳에서 조금이라도 떨어져 있으려고 창가에 앉곤 했다.

헤모글로빈이 꾸역꾸역 들어올 때마다 손등이 욱신거렸다. 똑, 똑, 떨어지는 피를 보다가 창밖으로 고개를 돌렸다. 내가 앉은 자리 바로 앞에 벚꽃이 잔뜩 피어 있었다. 살짝 부는 바람에도 우수수 떨어지는 꽃잎을 보자 책 《마지막 잎새》가 떠올랐다. 주인공 존시는 백 개쯤 달려있는 잎사귀를 하나하나 세면서 마지막 잎새가 떨어지면 자신도 죽는다고 생각했다. 이파리 한 장 한 장을 얼마나 애타는 마음으로 바라보았을까? 만약 그가 바라본 게 담쟁이덩굴이 아니라 벚꽃이었다면, 쏟아지는 꽃잎에 오히려 마음이 편안해졌을 거라 생각했다. 내가 그랬기 때문에.

어쩌면, 돌아오는 봄에는 내가 없을 수도 있겠다.
지금 보는 벚꽃이 내 눈으로 보는 마지막 벚꽃일지도 몰라.
내년에도 볼 수 있을까. 그럴 수 있다면 좋으련만.
어차피 앞날은 알 수 없으니 지금 벚꽃을 실컷 봐두자.

벚꽃은 어쩜 이름도 벚꽃일까. 어쩜 잎도 분홍색일까.
필 때도 예쁘고, 질 때도 예쁘다.
단단한 나무 기둥부터 곧게 뻗은 가지까지….
쟤는 아름답지 않은 구석이 없구나.

나는 아직도 그 벚꽃보다 아름다운 걸 본 적이 없다. 아니, 볼 수 없었다는 표현이 더 적절하겠다. 내 생에 마지막 벚꽃일지도 모른다 생각하고 볼 때는 아무 소리도 들리지 않았다. 벚꽃과 그걸 보는 나만 있었다. 어떤 대상을 깊이 느끼려면 그렇게 온전히 집중해야 한다. 지금은 그때와 똑같은 마음으로 벚꽃을 볼 수 없다. 다만 비슷하게 볼 수 있을 뿐이다. 투명한 시선, 작은 것도 알아볼 수 있는 세심함, 애정 어린 눈길. 매 순간을 이런 태도로 살 수 있다면 더 바랄 게 없을 텐데.

심부재언시이불견心不在焉視而不見이라는 말이 있다. 마음에 있지 않으면 보아도 보이지 않고, 들어도 들리지 않고, 먹어도 그 맛을 모른다는 말이다. 종종 내가 아름다운 걸 얼마나 많이 놓치고 살아왔는지 생각해 본다. 흐리멍덩한 감각으로 흘려보낸 것들이 선명하게 떠오를 리 없다. 그러면 다시 응급실에서 본 벚꽃을 떠올린다. 그리고 더 잘 보고, 잘 듣고, 잘 느끼기 위해 할 수 있는 만큼 마음에 담으려 노력한다.

잃고 나서야 모든 게 소중했다는 걸 또다시 응급실에서 깨닫는 일만은 없기를 바라면서.

내 생애 마지막 벚꽃이라고 생각했던

그 벚꽃은 너무 아름다웠다.

종종 내가 아름다운 걸

얼마나 많이 놓치고 살아왔는지 생각해 본다.

어떤 슬픔과 고통은 시간을 초월한 채

나는 슬픔과 고통에 기한을 두는 사람이었다. 이미 일어난 일에 힘과 신경을 쏟는 건 낭비인 데다 해야 할 일도 많다. 어쨌든 살아야 하니까 언제까지 그 일에 매달려 있을 수만은 없다고 생각했다. 그래서 혼자 약속을 했다. 기간을 정해두고 이때까지는 슬픔을 마감하고, 고통과 작별하자고. 감정을 그렇게 쉽게 통제할 수 있다는 자신감은 어디서 나온 걸까. 정해둔 기간은 언제나 턱없이 짧았고, 나는 예상보다 길어지는 슬픔과 고통에 더 아파했다.

남들은 툭툭 떨쳐내는 거 같은데 나는 왜 그게 잘 안되는지 알 수 없었다. 오랜 시간이 지났는데 여전히 슬픔과 고통에 머물러 있는 내가 답답했다. 도대체 언제쯤이면 괜찮아질까. 혹시 내가 자기 연민에 빠져있는 건 아닌지 스스로 의심이 들기도 했다.

그러면 더 바쁘게 살았다. 없는 일도 만들어 내서 그 상황을 어떻게든 잊으려 했다. 정신없이 사람을 만나고, 술을 마시고, 음식을 욱여넣고, 몸에 무리가 갈 정도로 일을 했다. 그러는 동안 몸과 마음이 닳는지도 모르는 채.

불편한 마음으로 제대로 쉬지도 못하고, 시간은 시간대로 흐르고, 나는 나대로 지쳐갔다. 결국 회복한 건 아닌데 슬픔과 고통이 어디에 있는지는 모르는, 나도 나를 잃어버린 상태가 되었다. 터놓고 마음껏 슬퍼하고 아파해도 회복이 될 둥 말 둥 한데 대충 덮어놓고 다 나았다고 외면해 버리니 곪을 수밖에 없었던 거다.

바쁘게 살면 잠깐 주의를 돌릴 수는 있다. 하지만 슬픔이나 고통이 알아서 사라지는 건 아니다. 멀리서 다시 내 마음이 약해질 때를 엿보며 기다리고 있다. 괜찮아졌다고 생각했는데 어느 날 갑자기 눈물이 펑펑 쏟아지거나 아무것도 할 수 없는 상태가 되는 건, 슬픔을 충분히 슬퍼하지 않았기 때문이고 괴로운 마음을 스스로 충분히 알아주지 않았기 때문이다.

이제 와 생각해 본다. 빨리 털어내야 한다는 조급한 마음의 밑바탕에는 무엇이 있었을까? 얼른 괜찮아져야 뭐든 하는데, 지금 이러고 있을 때가 아닌데 뭐 하는 거냐며 내가 나에게 눈치를 준 이유는 무엇이었을까? 그건 자책감에서 비롯된 거였다. 시간을 생산적으로, 가치 있게 쓰지 못하고 있다는 자책감 말이다.

이미 일어난 일을 없었던 셈 칠 수도 없고, 기억을 통째로 날려버릴 수도 없으니 시간이 해결해 줄 거라고 믿었다. 어떤 일은 정말 시간이 해결해 주기도 했으니까. 그래서 이쯤 되면 괜찮아질 거라는 어설픈 예측으로 슬픔과 고통에 기한을 정해둔 거다.

뒤늦게 깨달았다. 어떤 슬픔은, 어떤 고통은 시간을 초월한다는 걸. 그리고 그걸 치유할 수 있는 건 나밖에 없다는 걸. 시간이 흐르는 동안 조금 더 성장하고 성숙해진 내가 직접 마음에 구멍 난 곳을 메워야 했다. 부지런히 메우다 보면 빠져나올 수 있을 만큼 구멍이 차올랐다. 그때야 비로소 슬픔과 고통에서 벗어날 수 있었다.

미리 마침표를 찍으려는 버릇은 여전히 남아있다. 이건 타고난 성격이라 뿌리 뽑을 수 없다는 걸 인정했다. 다만 이제는 마침표를 찍는 데서 멈추지 않고, 선을 조금 더 그어 쉼표를 만든다. 슬픔과 고통을 껴안고 여기까지 오느라 고생했다고, 이쯤 왔을 때 지금 네 마음은 어떻냐고, 외면하려고 무리하고 있진 않느냐고,

계속,

쉼표를 달아가며,

구멍을 메운다.

그랬다면 우리가 이걸 삶이라고 부르지 않았을 거야

동이 텄다. 날이 어슴푸레 밝아지는 것을 보면서 생각했다. 누가 내 뒤통수 좀 후려쳐 줬으면 좋겠다. 잠드는 걸 기다리느니 차라리 기절하는 게 더 빠를 테지. 새벽은 길고도 짧다. 한 시간, 한 시간이 나를 훑는 동안 머릿속은 쑥대밭이 된다. 여러 감정이 뭉쳐서 내게 돌진하면 눈을 질끈 감아야 했다. 이 감정은 도대체 무엇이길래 인간의 기초적 욕구인 잠마저 쫓아내는 걸까?

친구 윱은 나와 달리 머리만 대면 잠든다. 깨우지 않으면 평생이라도 잘 것 같다. 얼마나 죽은 듯이 자는지 동거인이 종종 코밑에 손가락을 대보거나 갈비뼈가 오르락내리락하는 걸 확인할 정도란다. 아, 잠깐. 부러워서 눈물이…. 언젠가 윰한테 물었다. 어떻게 하면 너처럼 죽은 듯이 잘 수 있냐고.

"잘 때는 아무 생각 안 해도 되잖아. 근데 눈을 뜨면 생각해야 돼. 그게 싫어서 또 자는 거야."

"생각하기 싫어서 잠을 잔다고? 그게 마음대로 되는 거였어?"

죽은 듯이 자는 인간과 잠 못 드는 인간은 서로를 이해할 수 없었다. 하지만 한 가지는 확실했다. 지금 우리는 사는 게 고되구나. 그래서 너는 잠의 세계로 도피하고 나는 생각을 헤아리다가 밤을 지새우는구나. 우리는 똑같이 곪아가고 있었다. 외면하고 싶은 현실, 막막한 상황, 도망치고 싶은 마음, 지금 당장 해결할 수 없는 문제들 앞에서.

나만 깨어있는 것 같은 새벽을 견디며 생각해 본다. 사람을 잠들지 못하게, 혹은 잠만 자게 만드는 건 도대체 무엇일까? 짐작건대 불확실한 삶에 대한 두려움과 불안이리라. 삶이 어떻게 흘러갈지는 아무도 모른다. 당장 1분 1초 뒤의 일도 짐작하지 못하는 인간은 확실한 불행보다 예상할 수 없는 불확실성을 더 두려워한다. 그래서 불행이 올지 안 올지 걱정하며 사느니 차라리 확실한 불행 속에서 살기를 자처한다.

새벽이 나를 관통하는 동안 무엇보다 생생한 것은 살아있다는 통각이다. 불안하다는 걸 온몸 구석구석으로 깨닫는 순간은 얼마나 지독한가. 새벽을 뜬눈으로 지새운 사람과 잠의 세계로 도피했다가 돌아온 사람은 안다. 불안은 나를 세상에서 분리시키는 동시에 살아있다는 사실을 자각하게 만든다. 인간은 불안을 느끼는 동안 한 올 한 올 발가벗겨진다.

나는 살면서 어떤 불안도 가지지 않은 사람을 본 적이 없다. 뭘 해야 할지 몰라서 불안해하고, 방향을 정했다 하더라도 잘 해낼 수 있을지 확신할 수 없어 불안해한다. 사실 산다는 일 자체가 불안한 일이다. 행복을 만끽하면서도 이게 언제 사라질지 불안해하는 게 사람이다.

죽지 않는 것이 있다면 우리는 그것을 인간이라고 부르지는 않을 것이라는 보부아르의 말을 이렇게 바꿔볼 수도 있겠다. 불안하지 않다면 우리는 이걸 삶이라 부르지 않을 것이라고. 불확실성에서 피어나는 두려움과 불안이 인간의 숙명이라면, 그래서 무슨 짓을 해도 벗어날 수가 없다면 강도를 줄일 수는 있지 않을까?

생각해 보면 내가 불안해하고 두려워하는 문제는 의외로 작고 가벼울 때가 많았다. 오히려 회피할수록 커지고 무거워졌다. 그래서 이제는 불안을 해부하려 한다. “내 삶은 끔찍한 불행으로 가득 차 있었고, 그중 대부분은 일어나지도 않은 불행이었다"는 몽테뉴의 말을 칼처럼 치켜들고 말이다. 쉽진 않다. 매번 직면하기보다 도망가고 싶다. 그러나 시도조차 해보지 않고 도망가는 건 스스로 비겁하다고 느낀다. 차라리 맞선 다음 장렬히 패배하는 게 낫다. 어떤 놈인지 알면 다음에는 이길 수 있을 것이다.

우리가 불안을 느끼는 건 삶에 대한 사유를 끊임없이 하고 있으며 그 욕망을 계속 불태우고 있다는 방증이다. 사유하지 않고 욕망하지 않는다면 불안도 없다. 그러나 그건 죽은 것과 다름없다. 불안을 느끼는 사람은 위태롭지만 역설적으로 삶에 대한 욕망이 있는 사람이다.

삶을 살아가고 나를 알아가는 건 아픈 일이다. 그래서 불안하고, 불안해서 고통스럽다. 때로는 잘 하고 있는지 의문이 들 테고, 내 생각처럼 안 되면 어쩌지 싶어 불안이 찾아올 것이다. 나는 살아서 요동치는 존재이기에 이토록 흔들린다. 멈춘 채로 변하지 않는 건 없다.

나로서 살아가기 위한 투쟁을 하고 있는 나는, 불안에 끊임없이 흔들리고 아파하면서 내가 되어간다.

나는 알지도 못한 채 태어나 날 만났고

어떤 눈물은 너무 무거워서 엎드려 울 수밖에 없다고 했던가. 문득 신철규 시인의 시 〈눈물의 중력〉이 생각났다. 도대체 마음이 어떻기에, 눈물이 얼마나 무겁길래 엎드려 울 수밖에 없는 걸까? 내 눈물은 우주에 떨어진 물방울처럼 동동 떠다닐 것 같은데. 삶이 공허한 나머지 중력이 없는 것처럼 느낄 때였다.

사람들은 다들 살아갈 이유가 분명해 보였다. 하고 싶은 게 있고, 이루고 싶은 게 있으며, 지키고 싶은 게 있다고 했다. 반면 나는 내가 왜 살아야 하는지 알 수 없었다. 딱히 살아야 할 필요도, 죽어야 할 필요도 못 느끼는 애매한 상태로

도대체 인간은 왜 태어나서 왜 살아야 하는지 고민했다. 그게 내 인생 최대 난제였다.

주변 사람들에게 나는 어쩌면 좋으냐고 물었다. 다들 삶의 의미와 목적을 만들라고 조언했다. 그러면 살아갈 이유가 생길 거라고 말이다. 이해할 수 없었다. 애초에 왜 살아야 하는지도 모르는 인간이 어찌 삶의 목적 같은 걸 정할 수 있단 말인가?

죽음 가까이 살아온 시간이 너무 길었던 탓일까. 삶과 죽음의 경계가 모호해진 탓일까. 인간이라는 존재 자체가 공허하다는 생각에 괴로웠던 날들은 투병만큼이나 힘들었다. 어떻게 해야 허무를 딛고 나아갈 수 있을까. 나는 스스로에게 삶의 의미를 설명해야 할 필요를 느꼈다. 내가 왜 살아야 하는지 아는 게 먼저일 것 같았다. 지금 돌이켜 보면 어리석은 생각이었다. '왜'를 물을 때마다 삶의 중력이 점점 더 사라진다는 걸 그때는 몰랐다.

나에게 거듭 '왜'라고 물으면 언젠가 마땅한 이유를 떠올릴 수 있을 줄 알았다. 하지만 질문이 아무리 여러 번 반복되어도 도달하는 결론은 한 가지다. 그러게, 나 왜 살지? 이소라의 〈Track 9〉 가사처럼 나는 알지도 못한 채 태어나 날 만났고, 내가 짓지도 않은 이름으로 불리는데. 사람은 태어나긴 했으나 자신이 이 세상에 존재해야 하는 이유를 알지 못해서 방황한다. 이 존재의 우연성을 극복하기 위해 내가 왜 태어났는지, 무엇을 위해 살아가야 하는지 여기저기 들쑤시며 헤맨다.

나는 인간에게 정해진 운명 따위는 없다고 믿는다. 사르트르의 말대로 존재는 필연이 아니며, 영문도 모르고 태어난 우리는 그저 우연에 불과하다고. 존재란 원래 그렇게 허무하고 아무것도 아닌 거라고. 우리는 어떤 의미나 의무를 가지고 태어나지 않는다. 이 세상에 어느 날 갑자기 끼어들어 왔을 뿐이다. 우리는 태어난 후에 삶과 나의 의미를 찾는다. 내가 살아야만 하는 마땅한 이유가 있어야 삶을 책임지고 이끌어 나갈 힘을 가질 수 있다고 생각한다. 그러나 삶이 무력해지지 않으려면, 더 이상 허무해지지 않으려면 애초에 존재에 '왜'를 따지지 말아야 한다.

아무런 조건 없이 자신의 존재를 인정하는 건 쉬운 일이 아니다. 세상은 끊임없이 요구한다. 네 쓸모를, 가치를, 존재 이유를 증명해 보라고. 여기에 맞서 스스로 유일무이한 개체라고 인정하는 건 큰 용기가 필요하다. 나는 어쨌거나 '나'로만 살 수 있다는 걸 깨닫는 건 내가 어떤 식으로든 살아있다는 그 자체를 인정하는 것이고, 곧 내 삶을 책임지겠다는 선언이다. 그래서 두렵다. 삶을 책임진다니. 어쩐지 진정한 어른이 되어야 할 것 같고 모든 일을 혼자서 잘 해내야 할 것만 같다. 나는 이 사실을 인정하거나 인정하지 않을 수 있었다. 선택은 내 몫이었다.

내 삶은 내 것이라는 담백한 인정에서 '나'의 존재감이 생생해진다. 그게 책임을 지는 것이다. 삶을 책임진다는 선언에서 나는 다시 태어난다. 삶을 살아가는 힘은 여기에서 나오는 것이리라. 내 존재를 마땅히 긍정할 때, 삶은 적당히 공허해진다. 여전히 우주에 둥둥 떠다니는 것 같지만 적어도 안전선이 연결된 우주복을 입고 있는 느낌이다.

존재에 대한 인정은 조건부가 아닌, 무조건적으로 이루어져야 한다. 내가 내 존재를 인정하는 데는 자격이 필요하지 않다. 생명체가 살아가려는 의지를 가지는 건 그저 생명을 가지고 태어났기 때문이다. 대단한 이유는 없다.

삶은 무엇이고 나는 왜 존재하는지 질문을 던진 순간부터 나는 그제야 한 사람으로 우뚝 섰다. 지금 이런 고민을 하고 있는 이들이 있다면 이렇게 말해주고 싶다. 한 인간이 주체성을 가지기 위해서 통과해야만 하는 관문이 있다면, 자신의 존재를 의심하는 일이라고. '존재란 무엇인가'라는 물음이 탄생하고, 그 질문에 아파하면서 스스로 답을 찾아가는 시간이야말로 내 주체성을 획득하는 과정이라고 말이다.

존재는 의미보다 앞선다.

이 단순한 사실을 알기 위해 그동안 그렇게 아팠다.

죽음 가까이 살아온 시간이 너무 길었던 탓일까.
도대체 인간은 왜 태어나서 왜 살아야 하는지 고민했다.

◎◎◎

생명체가 살아가려는 의지를 가지는 건
그저 생명을 가지고 태어났기 때문이다.
대단한 이유는 없다.

너희는 제주로 오는데 나는 어디로 가야 하니

제주에서는 제주를 제외한 국내를 모두 육지라고 부른다. 왜냐면… 나도 잘 모르겠다. 상대적인 개념, 뭐 이런 걸로 이해하고 넘어가자. 내 친구들은 대부분 육지에 사는데 '내가 사회에서 볼트와 너트로 살다가 생을 마감하겠구나' 싶을 때마다 제주로 온다. 당일이든 한 달이든 일단 비행기에 몸을 싣고 보는 거다. 공항에서 나오면 아름드리 펼쳐진 야자수에 눈이 맑아진다고 한다. 그리고 렌터카를 타고 온갖 곳을 누빈다.

나는 친구들과 밥도 먹고, 커피도 마시고, 술도 마시고, 바닷가에 앉아 모기한테 뜯기면서 이야기도 나눈다. 한바탕 재

있게 놀고 헤어질 때면 친구들은 약속이라도 한 듯 말한다.

"사는 게 힘들 때 또 놀러 올게."

친구들은 떠나고, 나는 남는다. 해맑게 손을 흔들다 멀어지는 그들을 보고 있으면 내심 부러워진다. 너희들은 사는 게 힘들 때 제주로 오는데, 이미 여기에 살고 있는 나는 어디로 가야 할까?

가끔은 어디론가 떠나고 싶지만 마땅히 갈 곳이 없다. 복잡하고 시끄러운 도시는 싫고, 한적하고 자연이 있는 곳으로 가려니 제주가 더 낫지 않나 싶어서 관둔다. 그리고 바다를 보면서 한숨을 쉰다. 후, 제주에서 산다는 건 행복한 동시에 괴로운 일이군. 아, 나 방금 정말 사치스러웠어.

떠나고 싶은 마음을 간직한 채로 살던 어느 날, 데이비드 실즈의 책에서 작은 실마리를 찾았다. 사람이 여행의 필요성을 느끼는 이유는 고통과 슬픔을 흡수한 자기 공간에서 달아나기 위해서라는 거다. 문장에서 눈을 뗄 수 없었다. 친구들은 단순히 '힐링'하러 제주에 오는 게 아니었다. 자신의 고통과 슬픔이 쌓인 공간에서 잠시나마 떨어져 있고 싶은 거였다.

슬픔과 고통이 찾아올 때마다 다른 곳으로 도망가야 한다면 온 세상을 돌아다녀야 할지도 모른다. 나는 세계 일주는 하고 싶지 않다. 떠나지 않고도 부정적 감정과 멀어지는 법을 알고 싶었다. 생각해 보니 제주가 아닌 다른 곳에 있다고 해서 마음이 온전히 편한 적은 없었다. 그러면 굳이 육체를 끌고 먼 길을 떠날 필요 없이 이 공간에 녹아 있는 고민과 걱정, 고통과 슬픔을 치우면 되지 않을까.

내 공간은 아늑하고 포근해야 하고 절대 침범되지 않아야 한다. 그래서 힘든 문제를 두고 고민할 때는 집이 아니라 밖에서 했다. 나를 힘들게 만드는 일은 집으로 가져오지 않으려 했고, 이미 집에 있다면 들고 나가서 버렸다. 복잡한 일, 화가 나는 일, 이별하는 일을 해야 할 때면 밖으로 나갔다. 집이 아닌 다른 곳에 두고 오기 위해서였다.

숲속 고즈넉한 카페에서는 누군가와 이별했고, 노을이 지는 바다 앞에서는 누군가와 울었다. 북적이는 공항에서는 배신한 사람을 마음에서 버렸다. 싸워야 할 때도 밖에서 싸웠고, 울고 싶을 때도 차를 타고 나가서 밖에서 울었다. 그렇게 밖에서 털고 집으로 돌아오면 힘든 일에 사로잡히는 시간이 많이 줄었다.

한 공간에서 모든 일을 처리하면 고통과 슬픔이 뭉쳐있는 기분인데, 밖에 나가서 버리고 오면 먼지만 좀 묻히고 들어오는 것 같다. 그래서 비교적 빨리 털어낼 수 있었다. 지금도 마음을 굳게 먹고 해결해야 할 일이 있으면 일단 밖으로 나간다. 카페든 길가든 상관없다. 집만 아니면 된다.

내가 '어디로' 가야 할지가 아닌 '무엇에서' 달아나고 싶은지 정확히 알고 나면 고통과 슬픔에서 벗어날 수 있었다. 아니, 내 의지로 내 공간을 지킬 수 있었다. 더 이상 도망갈 곳을 찾지 않게 되자 제주에 왔다가 떠나는 친구들의 뒷모습을 덤덤히 바라볼 수 있게 되었다.

그곳은 바다가 아닐지도 모른다

가끔 헤엄치는 꿈을 꾼다. 나는 바닷속에서 고래처럼 끝없이 헤엄친다. 지치지 않고 계속 나아가며 몸을 훑는 물결을 느낀다. 내가 원래 살던 곳이 여기가 아닐까 싶을 만큼 평온하고, 조용하고, 포근하다. 잠에서 깨면 그 감각에서 벗어나기 싫어서 다시 눈을 감는다. 이불이 바다라도 되는 것처럼 머리 끝까지 뒤집어쓰고 한바탕 헤엄친 순간을 곱씹는다. 실제로 느껴본 적도 없는 감각인데 왜 이렇게 편안하고 그리울까. 전생에 고래였나.

힘들고 지친 날에는 헤엄치는 꿈을 꿀 수 있기를 바라며 잠들었다. 물론 내가 바란다고 될 일은 아니다. 그 꿈은 선물처럼 가끔 찾아왔다. 그때마다 영영 꿈에서 깨지 않고 싶었다. 헤엄치는 꿈은 그만큼 특별했다.

한동안 많이 예민했다. 밥그릇과 숟가락이 부딪히는 소리조차 귀에서 울리고, 공간에 비해 사람이 조금 많다 싶으면 숨이 턱 막히던 그때. 별생각 없이 인테리어 소품을 구경하다가 어떤 무드등을 보고 첫눈에 반해버렸다. 오로라처럼 빛이 천천히 일렁여서 오로라 무드등이라는 이름이 붙었겠지만 내 눈에는 그게 꼭 바다 같았다. 고요하고 잔잔한 바다. 원하는 색으로 바꿀 수 있고 블루투스까지 된다고 해서 냉큼 샀다.

내가 얼마나 애타게 기다렸는지 판매자님은 모르시겠지. 택배 상자를 받아보자마자 서둘러 등을 꺼내 전원을 연결했다. 색깔을 바꾸자마자 멍해졌다. 꿈속의 바다가 눈앞에서 일렁이고 있었다. 그날 밤 하염없이 물결을 바라보다가 잠이 들었다.

초록빛을 띤 푸른색이 방 안을 가득 채우면 바닷속에 앉아있는 것 같다. 비록 헤엄은 칠 수 없지만 물결을 보는 것만으로도 충분했다. 방에 들어가면 언제든 바다를 볼 수 있으니 극도로 예민해지더라도 버틸 만했다. 낮에도 감상할 수 있게 암막 커튼도 따로 달았다. 천천히 흐르는 물결을 보면서 혼자 조용히, 그리고 가만히 있는 시간. 나는 이 고독한 시간을 정말 사랑한다. 나이가 들수록 혼자 있는 시간이 점점 더 좋아진다. 그리고 절실해진다. 하루에 단 한 시간이라도 혼자 있지 않으면 나를 잃는 느낌이 들어 견딜 수 없다.

누군가는 고독을 자신과의 싸움이라고 하지만, 나는 고독을 친구처럼 느낀다. 고독은 죽는 순간까지, 어쩌면 죽어서도 내 곁에 있어줄 수 있는 유일한 친구가 아닐까. 정신은 고독을 만날 필요가 있다. 혼자 있으며 나와 침묵으로 이야기를 나눌 때. 그때 내 일상을 어지럽게 만드는 여러 문제와 불행을 차분히 살펴볼 수 있으며 감정도 환기할 수 있다. 과잉된 관계와 감정에서 한 발자국 물러날 때 많은 게 정리된다. 바쁘게 살면서 놓친 것, 소홀해진 것을 다시 떠올리고 챙길 수 있다. 그렇게 일상이 다시 조명된다.

아주 작고 사소한 일들이 고독 속에서 영글어 간다. 영그는 과정을 지켜보는 건 곧 성찰의 시간이다. 반성하고, 배우고, 깨닫고, 선택하고, 창조한다. 그렇게 나를 조금 더 알아가고 나 자신에게 보호받는다. 그래서 나는 고독할 때 가장 약해지고 또 가장 강해진다.

인간은 사회적인 동물이지만 동시에 개별적인 존재다. 그런데도 혼자 있는 고독한 시간이 두려운 이유는 혼자여도 괜찮다는 걸 아무도 말해주지 않았기 때문이다. 사회학자 노명우의 말을 옮기자면 '사회적인 것'은 '집단을 이루는 것'과 동일하게 여겨지고, 집단에 소속되지 않는 현상은 사회문제처럼 취급된다.

우리는 어릴 때부터 다 같이 잘 지내야 한다고 배웠고 사회성과 붙임성, 친화력을 기르는 법을 배웠다. 어른이 되어서는 처세나 사랑에 대한 기술을 배운다. 그래서 타인에 대해서는 끊임없이 알려고 하고, 궁금해하고, 관계 개선에 애쓰지만 정작 자기 자신에게는 충분히 시간을 할애하지 않는다. 사실 그 누구보다 중요하고 소중한 건 나 자신인데도.

우리는 고립과 고독을 구분해야 한다. 인간관계에서 소외되고 결국 나도 나를 외면하는 게 고립이라면, 고독은 집단에서 해방되어 나 자신과 대면하는 것이다. 정신은 고독을 통해 조금씩 성숙해진다. 그 과정이 마냥 순조롭고 즐겁지만은 않다. 때로는 괴롭고 아프다. 눈물 말고는 쏟아낼 게 없을 때도 있다. 그럼에도 고독은 내가 스스로 일어서기를 기다린다. 이 고독은 오롯이 내 몫이다.

나는 누군가의 삶을 대신 살 수도 없고, 내 삶을 누군가에게 맡길 수도 없다. 결국 나는 나로 살아야 한다. 좋든 싫든 내 삶 이외에 다른 그 어떤 삶도 살 수 없다. 고독은 이 사실을 통감하게 한다. 나는 나로 태어났고, 나로 존재하며, 나로 살아갈 수밖에 없다는 사실을. 그래서 언제까지고 기다려주는 것이다. 내 고독이 나 이외에 누구를 기다릴 수 있단 말인가. 너의 고독은 네 몫이고, 내 고독은 내 몫이다. 그렇게 각자의 고독 속에서 삶이 천천히 영글어 간다.

초록빛을 띤 푸른 물결.

내가 꿈에서 헤엄치던 곳은 어쩌면 바다가 아니라 고독 속인지도 모른다. 바다인지 고독인지 모를 그곳에서 매일 혼자 조용히, 그리고 가만히 앉아있는다.

94년생, 개띠, 여자

"수연이는 수캐의 성질을 타고났다."

문수 할아버지가 말했다. 그는 역학을 공부하는 사람이다. 사주를 보고 이름도 짓는다. 내 이름도 문수 할아버지가 지어주셨다. 그는 엄마의 아버지, 그러니까 내 할아버지다. 근데 할아버지…. 저는 94년 개띠, 여잔데요.

어릴 때부터 너는 고추를 달고 태어났어야 했다는 소리를 왕왕 들었다. 그러면 친척 집에 걸린 사진을 바라보았다. 남자아이가 고추를 드러내 놓고 찍은 백일 사진이었다. 고개를 돌려 우다다 뛰어다니는 사촌인지 육촌인지를 보고 생각했다. 그러니까, 재 다리 사이에 저게 있다는 말이지? 나는 집에 돌아오자마자 사진첩을 꺼냈다. 그 아이처럼 아랫도리를 드러내고 찍은 사진을 찾으려고 했다. 있을 리가 있나. 왜 나한테는 그런 사진이 없을까? 이 물음표를 마음 깊이 간직한 꼬마는 정직하게 자랐다.

나는 왈가닥이고, 드세고, 날렵하고, 어디로 튈지 모르는 초등학생이 되었다. 활달한 여자아이에게 붙는 별명인 '조폭 마누라'가 마음에 들지 않았을 때부터 나는 내가 무언가 다른 걸 원하고 있다는 걸 느꼈다. 조폭 마누라는 조폭의 아내잖아. 내 성격이 조폭 같다면, 조폭의 아내가 아니라 조폭으로 불리는 게 맞지 않나? 나는 '조폭 마누라'가 아니라 '조폭'이 되고 싶었다. 수캐의 성질을 타고난 내가 고추까지 달고 태어났다면 지금 나는 어떻게 살고 있을까. 뭐, 정말 조폭이 됐을지도 모를 일이다.

문수 할아버지는 내게 결혼하지 말라고 했다. 아니 안 하는 게 제일 좋다고 했던가. 그래도 정말 결혼이 하고 싶다면 되도록 아주 늦게 하라고 말했다. 이유를 들어보니 나는 누군가의 아내, 며느리 역할을 하는 게 성미에 안 맞는다고 했다. 아닌 건 아니라고 말하고, 부조리하다 느끼면 일단 손들고 이의를 제기하는 성격이라 전통이나 세습과 아주 상극이라면서. 사주로 그런 것까지 알 수 있단 말인가. 순간 운명은 정말 정해져 있는 건지도 모른다는 생각이 들었다. 나는 운명론을 믿지 않는데도 말이다.

지난 연애가 머릿속에서 차르르 지나갔다. 상대에게 꼭 한 번은 들은 말이 있었다.

“너는 어떻게 한마디를 안 지냐.”

너와 나는 연인이지, 싸워서 이겨야 할 적이 아닌데. 그럼에도 어떻게 한마디를 안 지냐고 묻는다면 “그러게, 너는 어떻게 한마디를 못 이기냐”라고 응수했다. 상대는 무서워서 무슨 말을 못 하겠단다. 그럼 좋은 방법이 있다. 우리가 헤어지면 너는 더 이상 나를 무서워하지 않아도 되고, 자유롭게 말할 수 있다. 나는 짜증 안 나서 좋고, 아무런 의미도 재미도 없는 일에 기력을 뺏기지 않아서 좋다. 그게 서로에게 더 나은 길이니 헤어지자. 내 연애는 대개 이런 식으로 끝났다.

연애사를 보아하니 아무래도 내 인생에 결혼은 없을 것 같다. 문수 할아버지는 강조하듯 다시 말했다.

“혼자 사는 게 너한테 제일 좋다.”

내 정신 건강에 좋다는 말이겠지. 나는 끄덕이며 물 한잔 가져오겠다고 했다. 부엌으로 걸어가는 나를 보면서 할아버지가 말했다.

“수연이는 걷는 모양새도 아주 씩씩하네.”

복순 할머니가 그 말을 받았다.

"어릴 때부터 그랬다 아인교."

나는 조용히 웃었다. 할머니와 할아버지는 나를 있는 그대로 사랑하는구나. 걷는 게 조신하지 않다는 말은, 씩씩하다는 거였구나.

내 마음속에는 아직도 조폭으로 불리고 싶었던 어린 내가 남아있다. 나는 나의 힘과 권리를 뚜렷이 인지하고, 내 의지에 따라 선택하고 말하며, 내 몸과 정신의 주체는 나라는 사실을 잊지 않겠다고 오늘도 다짐한다.

수캐의 성질이 정확히 뭔지 모르겠다만, 나는 94년생 개띠, 여자다.

나오며

좁은 틈에도 빛은 든다

4살쯤, 엄마가 나를 데리고 점집에 간 적이 있다. 신내림을 받은 지 얼마 되지 않아 용하다고 소문난 곳이었다. 그는 내게 '손으로 먹고산다'고 했다. 나는 그 말이 늘 의문이었다. 그럼 사람이 다 손으로 먹고살지, 발로 먹고산단 말인가? 그런데 작년에 혼자 점을 보러 가서 똑같은 말을 들었다. 평생 글 쓰고 살 팔자라고. 조상 중에 학자가 있는데 그분이 나를 예뻐한단다. 누구신지는 모르겠지만 학자가 아니라 억만장자일 수는 없었나요, 조상님. 아니 원망하는 건 아니고요….

이번 책을 쓰는 동안 참 많은 일이 있었다. 포기하고 싶은 순간도 많았다. 그때마다 나를 예뻐하는 조상님이 빙의해서 대신 글을 써주길 바랐지만 그런 일은 일어나지 않았다. 그러나 좁은 틈에도 빛은 든다. 망했다 싶을 때는 길이 생겼고, 다 끝났다고 느꼈을 때는 그게 시작이었다. 소중하고 귀한 인연들이 내 손을 잡아주었다. 용기를 북돋아 주고, 흔들릴 때 무너지지 않게 지탱해 주었다.

'혹시 내 얘긴가?' 하고 생각이 든다면, 당신이 맞다. 당신들이 아니었으면 책 못 냈다. 2년 넘게 집에 틀어박혀 글을 썼지만 덕분에 나는 혼자가 아닐 수 있었다. 당신들의 정신적 지지와 응원, 도움 덕분에 책이 나올 수 있었다. 그리고 언제까지고 기다릴 수 있다며 건강 챙기라고 말씀해 주신 독자님들께 감사의 말을 전한다. 고맙고, 또 고맙다.

내 안의 모든 나를 엮어 글을 쓰는 동안 많이 아프고 힘들었지만 동시에 즐겁고 행복했다. 내가 가진 고민과 기질, 사유와 공상을 쓰는 건 나를 다시 만드는 일이었다. 다만 나는 글을 썼을 뿐이고 이걸 완성하는 건 독자 여러분의 몫이다.

글을 통해 단 한 사람이라도 자기 삶에 생긴 균열을 들여다 볼 용기를 얻는다면, 그 흔적을 밉다 여기지 않고 보듬을 수 있다면, 나는 더 바랄 게 없다.

들어가는 말에 '모든 이들의 비행을 응원한다'고 썼는데, 나오는 말에는 이렇게 쓰고 싶다. 추락하고 있을 때 조금만, 아주 조금만 각도를 틀면 추락이 아니라 착지할 수 있다고. 조금 다치겠지만 그래도 추락하는 것보다 부상을 줄일 수는 있다. 삶 속으로 뛰어드는 건 좋지만 삶의 낱낱을 찍어 먹으려면 추락이 아니라 착지를 해야 하니까.

모든 이들의 비행, 그리고 착지를 응원하며 글을 마친다.

2022년 4월
모든 이들의 착지를 응원하며
제주에서 하수연 씀.

▨ 들어가며 | 날개가 있는데, 좀 날면 어떤가

프롤로그의 제목은 영화 〈님포매니악 볼륨1〉의 대사에서 가져왔다.

헨리 데이비드 소로, 《월든》, 이덕형 옮김, 문예출판사, 2011.

▨ 내 인생, 하이틴인 줄 알았는데 알고보니 그냥 화이팅

한병철, 《피로사회》, 김태환 옮김, 문학과지성사, 2012.

임마누엘 칸트, 《윤리형이상학 정초》, 백종현 옮김, 아카넷, 2005.

블레즈 파스칼, 《팡세》, 이환 옮김, 민음사, 2003.

가스통 바슐라르, 《공간의 시학》, 곽광수 옮김, 동문선, 2003.

윌리엄 셰익스피어, 《맥베스》, 이원주 옮김, 시공사, 2012.

강원국, 《나는 말하듯이 쓴다》, 위즈덤하우스, 2020.

레이철 시먼스, 《소녀는 어떻게 어른이 되는가》, 강나은 옮김, 양철북, 2021.

마르쿠스 아우렐리우스, 《명상록》, 박문재 옮김, 현대지성, 2018.

캘빈 S. 홀, 버논 J. 노드비, 《융 심리학 입문》, 김형섭 옮김, 문예출판사, 2004.

김현경, 《사람, 장소, 환대》, 문학과지성사, 2015.

임마누엘 칸트, 《칸트의 역사 철학》, 이한구 옮김, 서광사, 2009.

랄프 왈도 에머슨, 《자기신뢰》, 이종인 옮김, 현대지성, 2021.

프리드리히 니체, 《도덕의 계보학》, 홍성광 옮김, 연암서가, 2020.

이진우, 《니체의 인생 강의》, 휴머니스트, 2015.

▨ 믿을 수 있는 사람에게만 마음을 줄 순 없을까

곤도 마리에, 《설레지 않으면 버려라》, 홍성민 옮김, 더난출판사, 2016.

앨릭스 코브, 《우울할 땐 뇌 과학》, 정지인 옮김, 심심, 2018.

장 폴 사르트르, 《문학이란 무엇인가》, 정명환 옮김, 민음사, 1998.

로빈 스턴, 《그것은 사랑이 아니다》, 신준영 옮김, 알에이치코리아, 2018.

주희, 《대학·중용》, 김미영 옮김, 홍익출판사, 2015.

정현종, 〈방문객〉, 《광휘의 속삭임》, 문학과지성사, 2008.

▨ 그랬다면 우리가 이걸 삶이라고 부르지 않았을 거야

스콧 스토셀, 《나는 불안과 함께 살아간다》, 홍한별 옮김, 반비, 2015.

요한 볼프강 폰 괴테, 《빌헬름 마이스터의 수업시대1》, 안삼환 옮김, 민음사, 1999.

파울로 코엘료, 《마법의 순간》, 김미나 옮김, 자음과모음, 2013.

엘리엇 부, 《자살을 할까, 커피나 한 잔 할까?》, 지식노마드, 2012.

알베르 카뮈, 《시지프 신화》, 김화영 옮김, 민음사, 2016.

장 폴 사르트르, 《실존주의는 휴머니즘이다》, 방곤 옮김, 문예출판사, 2013.

헨리 데이비드 소로, 《월든》, 이덕형 옮김, 문예출판사, 2011.

시몬 드 보부아르, 《제2의 성》, 이정순 옮김, 을유문화사, 2021.

앨릭스 코브, 《우울할 땐 뇌 과학》, 정지인 옮김, 심심, 2018.

신철규, 〈눈물의 중력〉, 《지구만큼 슬펐다고 한다》, 문학동네, 2017.

장 폴 사르트르, 《구토》, 방곤 옮김, 문예출판사, 1999.

데이비드 실즈, 《문학은 어떻게 내 삶을 구했는가》, 김명남 옮김, 책세상, 2014.

노명우, 《혼자 산다는 것에 대하여》, 사월의책, 2013.

무너진 삶을 다시 짓는 마음에 관하여

스물넷, 나는 한 번 죽은 적이 있다

초판 1쇄 인쇄 2022년 04월 20일
초판 1쇄 발행 2022년 04월 27일

지은이 하수연
펴낸이 권미경
편집장 이소영
책임편집 이정주
마케팅 심지훈, 강소연
디자인 어나더페이퍼
펴낸곳 ㈜웨일북
출판등록 2015년 10월 12일 제2015-000316호
주소 서울시 서초구 강남대로95길 9-10, 웨일빌딩 201호
전화 02-322-7187 **팩스** 02-337-8187
메일 sea@whalebook.co.kr **인스타그램** instagram.com/whalebooks

979-11-92097-19-0 03810
가격 14,500원

소중한 원고를 보내주세요.
좋은 저자에게서 좋은 책이 나온다는 믿음으로, 항상 진심을 다해 구하겠습니다.